SV

Zsófia Bán
Weiter atmen

Erzählungen

Aus dem Ungarischen
von Terézia Mora

Suhrkamp Verlag

Die Originalausgabe erschien 2018 unter dem Titel *Lehet lélegezni!*
im Verlag Magvető, Budapest.

Erste Auflage 2020
© Zsófia Bán, 2018
© der deutschen Ausgabe Suhrkamp Verlag Berlin 2020
Alle Rechte vorbehalten, insbesondere das des öffentlichen Vortrags
sowie der Übertragung durch Rundfunk und Fernsehen, auch einzelner
Teile. Kein Teil des Werkes darf in irgendeiner Form (durch Fotografie,
Mikrofilm oder andere Verfahren) ohne schriftliche Genehmigung des
Verlages reproduziert oder unter Verwendung elektronischer Systeme
verarbeitet, vervielfältigt oder verbreitet werden.
Satz: Satz-Offizin Hümmer GmbH, Waldbüttelbrunn
Druck: Pustet, Regensburg
Printed in Germany
ISBN 978-3-518-42909-9

Weiter atmen

Hautatmung

Der Frosch (zum Beispiel, aber ich könnte auch das Krokodil nennen) lebt im Wasser und an Land.
Der Frosch ist amphibisch.
Amphibien atmen auch über die Haut.
Wenn die Haut des Frosches mit Fett eingerieben wird, erstickt er.
Wir bitten darum, dass das nicht geschieht.
Der Mensch (zum Beispiel) lebt in der Vergangenheit und in der Gegenwart.
(Von der Zukunft hat er ein Bild, es passt gut zur Couch.)
Der Mensch ist also auch amphibisch.
(Frage: Sind die Amphibischen Menschen, oder: sind Menschen amphib?)
Der amphibische Mensch atmet auch über die Haut.
Wenn die Haut des amphibischen Menschen mit Fett eingerieben wird, erstickt er.
Wir bitten darum, dass das nicht geschieht.
Wir bitten darum, die Hautatmung frei zu lassen.
Danke.

*

Die Haut atmet also frei. Luft strömt, Zeit strömt. Die strömende Luft bildet winzige Fältelungen auf dem Vorhang, der die Zeitebenen voneinander trennt. Die Muster auf dem Vorhang tauchen auf und verschwinden wieder, dümpeln, mal hinauf, mal hinunter, als würden sie über das offene Meer treiben, scheinbar ziellos. Das Ziel ist natürlich nichts anderes als die Wiederholung, auf die sich das Bewusstsein auffädelt. Ohne sie gibt es kein Erkennen, kein Wiedererkennen, kein Kennenlernen, keine Erinnerung. Wiederholung: die Mutter des Wissens (schöner, griechischer Name).

Wieder und wieder holen wir Dinge hervor und gehen sie durch, so wie auch die Dinge uns immer und immer wieder hervorholen und durchgehen. Dabei tauchen gewisse Fragen auf.

(»Achtung: zu schnelles Auftauchen kann zur Dekompressionskrankheit führen.« *Handbuch für Taucher*)

Ist eine wieder hervorgeholte Schere (zum Beispiel) dieselbe Schere, die sie vor dem *wieder* war? Aber man (hier: *ich*) könnte die gleiche Frage auch mit einem Hammer, einer Federmappe, einer Tanzordnung, einem Häschen oder mit geknöpften Gamaschen stellen, die Reihe ist beliebig fortsetzbar. Oder, von der Gegenseite aus betrachtet: ist das von einem Hammer (etc.) wieder hervorgeholte Ich dasselbe Ich, das es vor dem *wieder* war? Gibt es zwei gleiche Hämmer? Sind die Einzelstücke einer Reihe untereinander austauschbar, können sie sich gegenseitig ersetzen? Wenn ich zum Beispiel die gleiche Brottasche habe wie du und hole die eine statt der anderen hervor, würde dann das *Gleiche* funktionieren, atmen, oder würde es leblos schweigen? Ich gehe noch weiter: wenn ich nicht einfach nur das Gleiche, sondern *dasselbe* habe wie du – eine Schere, einen Hammer, eine Schrift, eine Pfeife, eine Mutter, ein Häschen, einen Sommernachmittag, eine samtene Revolution oder einen zerknitterten Landesführer mit gezacktem Rand –, wie sehr ist dann dieses *dasselbe* dasselbe?

Verzeihung. Ich wollte niemanden verärgern. All das ist scheinbar *passé composé*, so wie das Land, das scheinbar dasselbe ist. Nichtsdestotrotz werden wir uns, sehen wir es ein, irgendwann, irgendwo doch diesen Fragen widmen, uns mit ihnen konfrontieren müssen. Man kann nicht immer nur abwinken, ist doch alles eins. Denn manchmal ist dieses *eins* sehr wohl zwei. Oder mehr, je nachdem. Solche sozusagen geologisch geschichteten Probleme kann man aber nicht einfach mit bloßen Händen angehen; man braucht Werkzeuge dafür. Und Werkzeuge gibt es vielerlei: es gibt die Sorte, die wir im Geschäft kaufen, es gibt die Sorte, die wir selbst herstellen, und es gibt die, die wir erben. (Es ist also nicht jeder seines eigenen Werkzeugs Schmied.) Aber was wir mit unseren Werkzeugen anfangen (Bitte nicht mit der Laubsäge wedeln!), das hängt natürlich von uns ab. (Setzen Sie sich, und hören Sie auf, dort herumzusäuseln.) Das Werkzeug kann also physisch, als Gegenstand »das gleiche« sein, aber seine Haut, seine Atmung, seine Sanftheit oder seine Sturheit wird immer anders sein, je nachdem, wer es benutzt. Und damit wären wir wieder an dem Punkt, wo die Zeit, die Erinnerung, die Haut, die Wunde aufreißt und das Herz bricht.

Was mich zu der eingeworfenen, doch offensichtlich hierher gehörenden Frage bringt:

Kann man über das aus dem Frosch herausoperierte und auch allein weiterschlagende Froschherz sagen, dass das noch ein Frosch ist? Wo ist die feine, poröse Grenze zwischen *noch* und *schon*?

Die Haut fältelt sich.
Die Zeit fältelt sich.

Der Mensch ist amphibisch.

Der amphibische Mensch verfügt über Hautatmung.

Wenn man die Haut des amphibischen Menschen mit Fett einreibt, erstickt er.

Wir bitten darum, die Hautatmung frei zu halten.

Danke.

Wir bitten darum, die Hautatmung frei …

Wir bitten darum, die freie Haut …

Wir bitten darum, frei …

Wir bitt …

Fett.

Fett.

Fett.

Die aktive Gegend der Sonne

Sie wussten schon seit Wochen, dass es so kommen würde, dennoch harrten sie aus, blieben noch ein wenig, als würden sie sich nur zögernd aus einem angenehmen Zusammensein bei Freunden verabschieden, und wenn dann doch, weil man wirklich losmuss, bleibt man in der Diele stehen mit dem Mantel in der Hand und unterhält sich noch ein wenig. Noch ein wenig Zeit verbringen, ein wenig von ihrer eigenen Zeit, denn sie waren der Meinung, dass diese Zeit ihnen gehörte, dass sie ihnen gegeben war, das hätten sie sich gewünscht, das dachten sie. Ihre eigene Zeit in ihrer eigenen Stadt, die war es, die sie so eifersüchtig verteidigten, denn wenn ihnen das genommen würde, gäbe es nichts mehr außer dem Stand der Sterne und der Wärme des GPS in ihrer Hand.

Was ist die Sonne, fragte der Kleine, als ihnen die Helligkeit mit ihren Strahlen auf den Rücken knallte wie eine feurige Peitsche, was ist die Sonne, Mutter, und Adeh hätte gerne gesagt, frag deinen Vater, so wie sie es sonst immer tat, wenn Fragen jenseits ihres Wirkungsbereiches, ihrer Interessen und ihres Wissens auftauchten, aber ihr Mann ging mit den beiden älteren Kindern schon sehr viel weiter vorne, er ging wütend, das erkannte Adeh daran, wie er die Schultern hielt, seine Schulterblätter stachen vor lauter ohnmächtiger Wut hervor, als würden Schwerter oder Spieße aus ihm herausstehen, als hätte er einen Stock verschluckt, würde Adeh in ihrer honigsüßen, mit Rosinen gespickten Sprache sagen, die nicht verwandt war mit den Sprachen, denen sie auf ihrem Weg begegnen würden, sie mochte es, fremde Sprachen, Wörter, Ausdrücke zu lernen, und für einen Augenblick sann sie darüber nach, ob man zum Beispiel in jener Sprache, von der sie las, dass sie keiner anderen Sprache ähnlich sei, außer vielleicht dem Finnischen und der Sprache einiger winziger Völker, ob man in dieser Sprache zu der Haltung, mit der ihr Mann Selim mit den beiden älteren Kindern aus der Stadt hinauslief, auch sagte, diese sei, als hätte er einen Stock oder einen Spieß verschluckt, und ob sie überhaupt Spieße kannten, ob sie welche benutzten, um Schafe zu braten oder vielleicht Schweine, denn soweit sie wusste, aß man in jener Gegend auch Schweine, aber was diese Wendung anbelangte, hatte sie kein Wissen, ihre Sprache war für sie undurchdringbar, nicht wie das Englische, das sie gut sprach und das sie in der Schule auch den Kindern beibrachte, aber sie wusste, wo sich dieses Land geographisch befand, in welcher Ecke Europas, als sie auf die Karte schaute, sah sie, dass es genau im Herzen Europas war, und das gefiel ihr, sie hatte das Gefühl, nein, die Hoffnung, dass das ein gutes Omen war, ein Land, das das Herz von etwas war, würde vielleicht die Eulen kompensieren, die ihr ausgerechnet in der Nacht vor dem Aufbruch im Traum erschienen waren, darüber schwieg sie, über die Eulen, drei an der Zahl, denn so ein äußerst schlechtes Omen vor einer Reise hätte den allein an die harte Materie glaubenden Ingenieur, der ihr Mann war, nur noch wütender gemacht, dummer Aberglaube!, hätte er geschrien und mit zitternden Händen am Bügel seiner Brille genestelt, oder, was noch schlimmer gewesen wäre, sie hätte vielleicht Zweifel in ihm gesät, und es mag Zeiten geben, in denen Zweifel angebracht sind, aber das hier waren nicht solche Zeiten, denn man konnte schon seit Wochen wissen, dass die Truppen auf dem Weg zu ihnen waren, und angesichts der Fernsehbilder aus der benachbarten Stadt bestand kein Zweifel, dass auch ihre tausende Jahre alte Stadt zerstört werden würde, die glänzenden Paläste und die reich verzierten Springbrunnen, die kühlen Palmenhaine und die bunten Mosaiken, die Bibliotheken und die Schulen, die ihrem Herzen so nahestanden, die Moscheen und Kirchen tastete sie in Gedanken lieber nicht an, als würde ihnen dadurch eine zauberhafte Unantastbarkeit zuteil, aber sie wusste auch, dass wir, je angestrengter wir an etwas nicht denken, umso mehr daran denken, und je mehr wir etwas in oder um uns herum zerstören, umso mehr bleibt es bei uns, wenn sonst nichts, dann die gespenstische Erinnerung an die Zerstörung, das hatte sie vor einigen Jahren gelesen, *if you kill a snake you have a snake,* das verstand sie erst gar nicht, die Worte, jedes für sich, schon, nur ihre Bedeutung blieb vage, dennoch ließ ihr dieser Satz tagelang keine Ruhe, sie wiederholte ihn ständig wie ein geheimnisvolles Mantra, wenn sie in der Küche die Jause für den Kleinen zubereitete, wenn sie von zu Hause losgingen, sie mit dem Kleinen in die Schule, die Großen mit ihrem Mann in die andere Richtung, wenn sie zum Einkaufen auf den Markt ging, wenn sie nach dem Abendessen im Licht der Lampe die dahingekritzelten Arbeiten korrigierte, und erst am vierten Tag, als sie am Wochenende Tee mit ihrer besten Freundin Wafa trank und sie in Wafas Küche sitzend ihre Hände an den schlanken Gläsern mit der goldgelben Flüssigkeit wärmten und darüber redeten, wie sich eine gemeinsame Freundin neulich bei einer Einladung verhalten habe, und sie missbilligend die Köpfe schüttelten, wie unbedacht sie schon wieder redete und wie nervenaufreibend das war, als einem Blitz gleich die Bedeutung des Satzes in Adehs Geist einschlug, obwohl er nichts damit zu tun hatte, worüber sie gerade redeten, da verstand sie ihn plötzlich und wunderte sich nur, wieso sie ihn bis dahin nicht verstanden hatte, sie schrie unwillkürlich, leise auf, woraufhin Wafa ihre schön geschwungenen, dicken Augenbrauen hob, sie verstand den Gefühlsausbruch der Freundin nicht, schließlich hatte sie nichts gesagt, was Adeh nicht auch gewusst hätte, sie sah die geliebte Freundin also fragend an, aber Adeh sprang vor lauter Aufregung ob der neu gewonnenen Erkenntnis auf und ging ans Fenster, draußen tauchten die Strahlen der spätnachmittäglichen Sonne die Dächer der Moscheen und Kirchen in diffuses Licht, alles ging seinen gewohnten Gang, wie schon seit hunderten, tausenden von Jahren, und es konnte einem so scheinen, als würde alles so bleiben, es gab schließlich keinen Grund, etwas anderes zu denken, es gab keinen Grund, anzunehmen, die Sonne würde an diesem Tag nicht untergehen oder der Fluss Queiq würde nicht weiterfließen wie bisher auch, es wäre lächerlich gewesen, so etwas anzunehmen, überflüssige und dumme Uhu-Rufe, die Eulen zogen sich still in die Wälder um die Stadt zurück; natürlich, sagte Adeh laut, als würde sie zur Stadt hinter der Fensterscheibe sprechen, dabei sagte sie es nur zu sich selbst, und ab da fuhr sie nur noch lautlos fort, woran du absichtlich nicht denkst, ist das, was nicht anwesend ist, weil sie es getötet haben oder du selbst hast es vernichtet, das fehlt, *to kill a snake is to have a snake*, und Wafa, sagte Adeh, die es plötzlich eilig hatte, sei nicht böse, ich muss jetzt gehen, sagte sie, sammelte schnell ihre Habseligkeiten ein und rannte nach Hause, um noch einmal in dem Roman nachzuschauen, ob sie denn mit ihren Gedanken richtiglag, und nun, da sie am Rand der Stadt angekommen waren, fiel ihr das plötzlich ein, als sie ein letztes Mal zurückschauen wollte, aber sie wusste, sie würde nichts anderes sehen als die sterbende, in Trümmern liegende Stadt, ihre Stadt, also ging sie einfach mit gesenktem Haupt weiter, den Kleinen an der Hand, den beiden Großen und Selim hinterher, ihrem hochgewachsenen, dürren Mann, sie gingen zu Fuß, denn Wagen waren nicht mehr zu bekommen, außerdem wurden die an der Stadtgrenze sowieso aufgehalten, Luft- und Bahnverkehr gab es keinen mehr, sie liefen also wie die Karawanen, nur ohne Kamele, ihr Mann führte sie über unwegsames Gelände, jeder trug seine eigenen Siebensachen im Rucksack, auch der Kleine hatte einen Rucksack, mit Mickey Mouse darauf, darin eine Trinkflasche und der Teddybär, und um das Kind abzulenken, antwortete sie endlich, die Sonne, *habibi,* ist ein strahlender Stern, sie wärmt die Erde. Und wenn es dunkel ist?, fragte das Kind, auch dann wärmt sie sie, sagte Adeh, aber wir sehen sie nicht. Weil wir schlafen, nicht wahr?, fragte das Kind, und Adeh lächelte, ja, deswegen. Sie würde ihm irgendwann später die Bewegung der Planeten erklären, jetzt, dachte sie, muss man leise sein, um die dumpfen Abschiedsgeräusche der Stadt hören zu können. Es war absurd, so lange zu warten, das würde sie sich nie verzeihen, aber sie brachten es einfach nicht fertig, loszugehen, das Haus zurückzulassen, den Garten mit den frisch gegossenen Blumenbeeten, die selbstgekochten Marmeladen, die mit goldenen Ornamenten verzierten Gemälde, die gerahmten Familienfotos, die eigenhändig bestickte Bettwäsche. Die fünfundzwanzig Jahre, die sie hier verbracht hatten, die Geburt der drei Kinder, ihre Ehe, ihre dreiundvierzig Jahre. An jenem Tag gab es kein Kanonenfeuer, sie hörte aus der Ferne den klagenden, schleppenden Gesang eines Muezzins.

*

József hatte gehört, man hätte den Transport doch ins Dorf gelassen. Dabei hieß es, von jetzt an weder rein noch raus, man sagte, wer drin ist, kann nicht mehr zurück, genauer gesagt, kann nirgendwo mehr hin, die Grenzsoldaten haben sie in einen mit Stacheldraht umzäunten Hof gesperrt, wo ein großer Metallcontainer stand, in den sie Matratzen und Decken geworfen hatten. Die Julisonne brannte ungehindert auf das Blechdach des Containers, kein Baum, kein Schatten nirgends, drinnen waren es mindestens vierzig Grad, wenn nicht mehr, im Hof stand ein Brunnen mit Handpumpe, dort konnten sie trinken und sich waschen, dort brachten sie diejenigen wieder ins Leben zurück, die während der Nacht vor Hitze ohnmächtig geworden waren, obwohl die Sonne nicht mehr schien, aber der Metallkasten hatte sich so aufgeheizt, dass er über Nacht nicht mehr abkühlen konnte, alle schliefen wachsam, beobachteten den neben sich Liegenden, und wenn jemand im Schlaf zusammenzuckte oder aufschrie, sprangen sie hin, um nachzusehen, ob er wirklich schlief oder ob er ohnmächtig geworden war. Sie baten darum, draußen im Hof schlafen zu dürfen, unter freiem Himmel, aber das erlaubten die Grenzsoldaten nicht, die befürchteten, sie könnten in der Dunkelheit irgendwie entwischen, und sie trugen die Verantwortung für die Vollzähligkeit, den Zinnober können wir nicht gebrauchen, sagte Hauptfeldwebel Gálos, wenigstens wir sollten ruhig schlafen können, wenn die es schon nicht können, wobei wegen der ungewöhnlichen Hitze auch die Grenzsoldaten nicht viel schliefen in diesem Sommer, und dadurch wurden sie noch reizbarer als sonst, schließlich erlaubten sie, nachdem die beiden Küchenfrauen, die Erzsike mit dem Dutt und die hinkende Valika, sie beharrlich bearbeitet hatten, dass wenigstens die Kinder in der Turnhalle der Schule schlafen durften, mit einer Extrawache, und dann konnten sie beim Frühstück, das sie in einem anderen Container bekamen, ihre Mischpoche wiedertreffen.

So ging das seit Wochen, manche schob man über die Südgrenze wieder ab, manche ließ man weitergehen Richtung Hauptstadt, wo angeblich schon eine kleine Armee ihre Zelte vor den Bahnhöfen aufgeschlagen hatte und auf die Erlaubnis wartete, weiterreisen zu dürfen, das Ganze entbehrte jeder Logik, die Oberen gaben völlig willkürliche Befehle, keiner konnte schlau oder gut informiert werden, weder im Dorf noch im Lager konnte man herausfinden, was am nächsten Tag sein würde, angeblich konnte der eine oder andere mit Geld, mit ein wenig Bakschisch, das eine oder andere in die Wege leiten, während andere grob zurückgewiesen wurden, manchmal bespuckten die Wächter sie sogar, ihr Hass und ihre Verachtung zischten wie die Tropfen der seltenen Sommergewitter auf dem glühenden Metalldach des Containers, und sie schauten sie voller Genugtuung an, denn endlich gab es jemanden, der unter ihnen stand in diesem gottverlassenen Grenzstreifen, nicht einmal mit ihren Hunden wären sie so umgegangen, wie sie mit denen umgingen, Kroppzeug der Erde, sagten sie, kommen hierher, um uns unser Essen wegzufressen und unsere Töchter und Frauen zu ficken, solche eindeutigen Aufschriften überzogen die ganze Gegend, und wenn József einmal in der Woche in die Stadt musste, um für seine Pension Putzmittel, Küchenausstattung, neue Bettwäsche, Gläser oder andere Verbrauchsmittel zu besorgen, sah er überrascht, dass auf dem Weg zur Stadt alle zehn Meter Riesenplakate mit Warnungen standen. Er mochte den Anblick nicht, so etwas schadet dem Geschäft. Er stellte sich vor, wie eine Familie auf Ausflug an diesen Plakaten vorbeifuhr und bei ihrem Anblick das Auto lieber woanders hinlenkte und woanders nach einer Unterkunft für die Nacht suchte. Nicht nur diese Gegend, sondern das ganze Land war von diesen Slogans übersät, aber davon wusste József nichts, er konnte nicht wissen, dass das, was ihn betraf, völlig egal war. Er dachte, man hätte diese Aufschriften nur im Grenzstreifen und in der angrenzenden Gegend aufgestellt. Er schäumte, verfluchte deren Mütter und zerbrach sich den Kopf, wie er sie ein bisschen ärgern könnte.

Und was musste er da heute hören, dass sie doch einen weiteren großen Transport haben passieren lassen und das Lager wieder bis oben hin voll war. Das hatte seine Frau Juci von der hinkenden Valika aus der Küche gehört, die zugleich ihre Nachbarin war. Du, Juci, sagte die hinkende Valika über den Gartenzaun hinweg, die haben jetzt auch noch den Rest ihres Verstands verloren. Als ob sie je einen gehabt hätten, sagte Juci und goss zornig das Wischwasser auf den Asphalt vor dem Haus. Im Ort gab es drei asphaltierte Straßen, eine davon war ihre, am Ende der Straße, Richtung Hauptplatz, wohnte der Bürgermeister Lali Szendrő mit seinen drei Kindern, den beiden Hunden und der Frau. Die Frau hat ihn jahrelang vollgequengelt, dass man, wenn ein Auto vor dem Haus vorbeifuhr, wegen der Staubwolke minutenlang nichts sehen könne, und sie quengelte so lange, bis der Lali genug hatte und, damit die Frau Ruhe gab, ihre Straße teeren ließ und als Alibi noch zwei weitere, damit es nicht hieß, dass nur ihretwegen diese irren Investitionen getätigt worden seien. József und Juci freuten sich im Stillen, denn das erhöhte nur den Wert ihrer Immobilie und den Umsatz der Pension. Doch nun bekam József, während er auf dem Weg in die Stadt aus seinem Škoda heraus auf den Wald aus Plakaten blickte, schlechte Laune. Schließlich arbeitete er im Fremdenverkehr, und diese Plakate waren gegen Fremdenverkehr. József kannte natürlich den Unterschied zwischen anständigen inländischen Touristen und Eindringlingen, dennoch hatte er das Gefühl, dass das von seinem Gesichtspunkt aus nicht richtig war. Dass er sich etwas ausdenken musste, was seine Offenheit, sozusagen sein Wohlwollen gegenüber Fremden, ausdrückte und gleichzeitig

Szendrő oder die Grenzsoldaten nicht gegen ihn aufbrachte. Und da hörte er an diesem Tag, als er aus der Stadt zurückkam, von Juci diese Sache mit dem neuen Transport. Juci sagte auch, dass laut der hinkenden Valika in diesem Transport so viele Kinder waren, dass sie gar keinen Platz mehr in der Turnhalle fanden. Dass selbst vom Kronleuchter Kinder hängen, was natürlich nur eine Redewendung war, denn in der Turnhalle gab es nicht nur keinen Kronleuchter, die hatten nicht einmal mehr einen brauchbaren Sprungkasten. Davon fiel ihm ein, wie sehr er es gehasst hatte, über den Kasten springen zu müssen, Trainer Karcsi schrie ihn immer an, komm schon, Józsilein, beweg dich, als wärst du am Leben, und dann musste man losrennen, auf den total klapprigen Kasten zu, und man konnte nicht wissen, ob durch den Sprung nicht der bewegliche Deckel auf einen stürzen würde, ob man nicht darunter geraten würde wie ein unglückseliger Passagier unter die Räder der Lokomotive, er holte tief Luft, schloss für einen Moment die Augen und rannte los, sprang ab, sein Herz hämmerte laut und beruhigte sich erst wieder, als er es schon hinter sich gebracht hatte und ans Ende der Schlange zurücklief und dabei, um seine panische Angst zu verbergen, ein überlegenes Grinsen zu der Reihe der Mädchen schickte, zu Juci, die damals noch zwei dicke blonde Zöpfe und eine blauumrandete Brille in Kätzchenform hatte. Und da fiel ihm seine Idee ein. Er setzte sich wieder in den Škoda und fuhr zu den Grenzsoldaten.

Wie ich höre, sagte er zu Gálos, zum Kommandanten Zoli, mit dem er in eine Klasse gegangen war, er war der einzige Ortsansässige unter den Soldaten, offenbar dachte man sich, es schadet nicht, wenn man an der Grenze einen mit Ortskenntnis hatte, und wenn einer Ortskenntnis hatte, dann der Zoli, anno dazumal hatten sie zusammen Schnecken im Grenzstreifen gesammelt, manchmal gerieten sie auch zu den Serben hinüber, dann scheuchte man sie zurück, wie ich höre, ist die Turnhalle voll, sagte József, wovon ihm wieder einfiel, dass der Zoli natürlich ein verdammt guter Turner gewesen war, alle Mädchen machten Stielaugen, wie er über den Kasten sprang oder was er Tolles an den Ringen machte, und davon wurde der Zoli ein eingebildeter Affe, er dachte, er hätte die Pyramiden spitz gelutscht, und natürlich war er später auch der Erste im Dorf, der ein Moped hatte, er hatte es von seinem Vater bekommen als Belohnung dafür, dass er nicht sitzen geblieben war in der Achten, ein Genie war der Zoli nämlich nicht gerade, aber wenigstens war er nicht böswillig. M-hm, sagte der Kommandant Zoli und zündete sich eine Malbi an, diese Grenzsoldaten rauchten immer so piekfeine Marken, vom konfiszierten Schmuggelgut fiel das eine oder andere ab, wie man sich denken konnte. József arbeitete allerdings in einem anderen Geschäftsbereich, das hielt er sich vor Augen, als er seine Rede anfing, wonach er sich bereit erkläre, die minderjährigen Kinder aus dem heutigen Transport eine Woche lang bei sich unterzubringen und zu verköstigen, in einer Woche würde ihnen schon einfallen, wohin man sie schicken will, zurück über die Grenze und nach oben, in die Hauptstadt. Und was verdienst du daran, Józsilein, fragte Zoli, der Kommandant, dem seit seinen glänzenden Erfolgen im Turnunterricht ein runder Bierbauch gewachsen war, und wie er den Kopf senkte, um sich noch eine Zigarette anzuzünden, sah József, dass sich sein Kinn verdoppelt hatte, dabei war er noch keine dreißig. Gar nichts, sagte József, den Kommandant Zoli auch jetzt Józsilein nannte, wie damals jeder in der Schule, nur die Juci hat sich dieses Józsefsagen ausgedacht, sie fand Gefallen an dem Gedanken, dass ihr Ehemann kein einfacher Józsi war, sondern sich unter den anderen hervortat, nicht nur mit seinem Verstand und seinem ansehnlichen Äußeren, sondern auch mit seinem Namen, du wirst für mich ab jetzt József sein, flüsterte ihm Juci auf ihrer Hochzeit zu, als der Priester verkündete, sie seien nun Mann und Frau und dürften sich küssen, wodurch József die Juci noch mehr liebte, zärtlich sah er zu seiner einen halben Kopf kleineren, kurzsichtigen Frau hinunter und ließ sich von da an vom ganzen Dorf József nennen, worüber man natürlich hinter seinem Rücken kräftig johlte, aber der Juci zuliebe versuchten sie, sich daran zu halten, aber manchmal war es einfach unmöglich, so wie diesmal auch.

Natürlich war Józsefs Antwort nicht ganz richtig, denn in Wahrheit hoffte er, dass von den vielen Journalisten, die neuerdings ständig in der Nähe der Grenze herumlungerten, vielleicht einer in die Zeitung schrieb, dass der ungarische Pensionswirt József Páncsics aus lauter Herzensgüte eine Woche lang eine Gruppe kleiner Migranten beherbergte. Wer weiß, vielleicht entsteht dadurch Weltruhm und der Umsatz seiner Pension vervielfacht sich. Das dachte er insgeheim, aber davon abgesehen handelte er tatsächlich aus lauter Herzensgüte, denn József liebte Kinder wirklich, vielleicht, weil sie selbst keine haben konnten, Juci konnte nicht schwanger werden, dabei waren sie schon seit acht Jahren verheiratet, und József dachte auch daran, aber eher nur so andeutungsweise, wie der Sommerschmetterling die Blüte berührt, als würde er gar nicht daran denken, dass diese gute Tat vielleicht angemessen belohnt würde, dass vielleicht der liebe Gott, an den József nicht glaubte, aber Juci schon, dass er sich ihrer vielleicht erbarmte, vielleicht war so was mehr wert als die Kerzen, die Juci jeden einzelnen Sonntag vor der Statue der Jungfrau anzündete, und mehr als ihre verzweifelten Anrufungen, daran dachte József, oder dachte es gar nicht, sondern saugte die schon etwas abgestandene Hoffnung über seine Poren auf, und er dachte daran, dass, wenn der liebe Gott sich ihrer doch erbarmte, dann, schwor József insgeheim, werde auch er an ihn glauben. Du bekommst von uns keinen Fillér, das weißt du, sagte Kommandant Zoli, natürlich nicht, sagte József, ich weiß das sehr gut. Und ich müsste eine Extrawache abstellen. I wo, sagte József, die Hunde lassen keinen raus oder rein, die schlafen auf dem Hof. Kommandant Zoli dachte eine Weile nach und zog an der Malbi, die er zwischen Daumen und Zeigefinger hielt. Es reicht, wenn du sie hineskortieren lässt, ich unterschreibe das Papier über die Anzahl und bürge für sie. Total gegen die Regeln, sagte Kommandant Zoli, aber, sagte er, wie einer, der eine Entscheidung gefällt hat, Not steht über Gesetz, soll es so sein. Er warf die Malbi weg, trat sie aus und streckte József seine Hand hin und der schlug ein.

*

Adeh, Selim, der Kleine und die beiden größeren Kinder standen vor dem Container. Die Sonne brannte, die kleineren Kinder weinten, die Hunde der Grenzer bellten, jeder tat seine Pflicht. Nach der Ankunft zählte man durch und nahm die Daten auf. Wer zu versorgende Wunden hatte, wurde notdürftig versorgt, zwei freiwillige Ärzte und ein Dolmetscher unterstützten die Grenzer bei ihrer Arbeit. Der in der vorigen Woche hochgezogene Rasierklingenzaun machte ihnen viele Probleme, sie fluchten in ihre Bärte, es brachte Mehrarbeit mit sich, und außerdem, dachten sich einige, wo zur Hölle leben wir denn hier. Die meisten allerdings dachten, der Zaun würde ihnen die Arbeit erleichtern. Angesichts der vielen blutenden Stirnen, Arme, Beine und der ihre Wunden aufkratzenden Kinder sahen sie, dass sie sich geirrt hatten. Ihren Ärger, ihre ohnmächtige Wut gossen sie über den Neuankömmlingen aus. Die standen unerschütterlich in der Sonne. Einzeln aufstellen zur Datenaufnahme, brüllte ein Soldat. Der Dolmetscher wiederholte es in ihrer Sprache. Adeh ließ die Hand des Kleinen nicht los, vor ihr standen Selim und die beiden größeren Kinder in der Schlange. Ich habe gesagt, einzeln, brüllte der Soldat. Auf die Worte des Dolmetschers hin ließ Adeh den Kleinen vor sich stehen. Als er an die Reihe kam, fragte man ihn, wie alt er sei. Adeh antwortete statt seiner, sechs im September. Die Minderjährigen werden hier extra untergebracht, erklärte der Dolmetscher, sie werden im Dorf in einer Pension wohnen. Auf Adehs verzweifelten Blick hin beruhigte sie der Dolmetscher, dass sie es gut haben würden, viel besser als die anderen, die man in der Turnhalle der angrenzenden Schule zusammengepfercht hatte. In der Turnhalle gibt es keinen Platz mehr und im Container würde er keine Nacht überstehen. Glauben Sie mir, gute Frau, er wird es besser haben dort. Der Kleine verstand von alldem nur, dass er von seiner Mutter getrennt werden würde, und fing zu schreien an, woraufhin Selim und die beiden Großen, die die Datenaufnahme schon hinter sich hatten und wieder vor dem Container standen, ihnen besorgte Blicke zuwarfen. Es geht nur um ein paar Tage, sagte der Dolmetscher, versuchen Sie ihn irgendwie zu beruhigen, das ist besser für Sie alle. Adeh und der Kleine gingen zurück vor den Container und stellten sich zu Selim und den beiden älteren Jungen. Die Grenze für Minderjährigkeit zogen die Soldaten diesmal bei zwölf Jahren, die beiden waren schon älter, sie durften bleiben. Wie sie so in der Sonne standen mit dem heulenden Kleinen, fiel Adeh das unterbrochene Gespräch ein, das sie auf dem Weg aus der Stadt geführt hatten. Erinnerst du dich, dass du gefragt hast, warum wir in der Nacht die Sonne nicht sehen, fragte Adeh.

Der Kleine nickte unter Tränen. Ich verrate dir, warum wir sie in Wahrheit nicht sehen, in Ordnung? Der Kleine sah sie mit großen Augen an. Aber das ist ein Geheimnis und du musst mir versprechen, es niemandem zu verraten. Nicht mal Papa, fragte der Kleine. Dein Vater und deine Brüder wissen es, aber es darf kein anderer wissen. Das ist ein Familiengeheimnis, in Ordnung? Der Kleine nahm Haltung an, weil ihm so eine wichtige Sache anvertraut wurde, und hörte auf zu weinen. Erinnerst du dich, dass ich dir gesagt habe, dass die Sonne ein Stern sei? Der Kleine nickte. Und die Erde ist ein Planet, der um die Sonne kreist. Und es gibt noch einen Haufen andere Planeten, die auch um die Sonne kreisen. Und diese kreisenden Planeten drehen sich während des Kreisens alle um sich selbst. Ich spür nichts davon, sagte der Kleine. Adeh lächelte. Wir spüren das nicht, die Erde dreht sich sehr langsam, und wenn wir nicht auf der Seite sind, die gerade Richtung Sonne schaut, dann ist es bei uns dunkel und auf der anderen Seite der Erde ist es hell. Wenn wir aufstehen, legen sie sich schlafen und wenn wir uns schlafen legen, stehen sie auf. Dem Kleinen blieb der Mund offen stehen. Warum hast du mir das bis jetzt nicht gesagt, fragte er. Weil ich nicht wusste, ob du schon groß genug bist, um dieses Geheimnis zu bewahren. Aber mir ist jetzt klargeworden, dass du schon groß genug bist und du es auch nicht verrätst, wenn ich mal nicht bei dir bin. Wir werden jetzt ein paar Tage getrennt voneinander sein. Sie bringen dich in ein schönes, sauberes Haus, wo du in feiner Bettwäsche in einem richtigen Bett schlafen wirst wie die anderen Kinder. Ihr bekommt zu essen und zu trinken. Sei höflich zu allen, aber das weißt du ja schon, weil du schon ein großer Junge bist. Stimmt's, fragte Adeh den Kleinen. Aus dem Augenwinkel sah sie, dass hinter der Brille des wie in Habtacht dastehenden Selim eine Träne oder vielleicht ein Schweißtropfen hervor und über seine Wange rollte. Ihre großen Söhne starrten nur vor sich hin. Natürlich, sagte der Kleine, mach dir keine Sorgen. Und ich verrate das Geheimnis niemandem. Dabei blieben sie.

Als József mit seinem Kleinbus vor dem Lager ankam, war es schon später Nachmittag. Er stellte sich etwas abseits vom Eingang auf den Parkplatz, denn unmittelbar vor dem Lager durften nur Militärfahrzeuge stehen. Die Journalisten lagen vor dem Tor auf der Lauer, sie wurden nicht hineingelassen, nur die Vertreter des Internationalen Roten Kreuzes. Sie fotografierten jeden, der kam, und machten ein Blitzinterview mit ihm. Auch József hielten sie an, der ihnen überraschend bereitwillig erzählte, warum er gekommen war. Er hatte das Gefühl, endlich war seine Zeit gekommen, seine und Jucis. Er hatte das Gefühl, diese Kinder würden auf irgendeine Weise ihr Glück vollkommen machen. József trat an die Wache heran und sagte ihm mit fester Stimme, er sei zu Kommandant Zoli gekommen. Natürlich sagte er das nicht so, er sagte, dass er Hauptfeldwebel Zoltán Gálos suche, der ihn zu sich bestellt habe. Bald darauf stand József schon im Hof des mit Stacheldraht umzäunten Lagers. Sie waren gerade mit der Datenerfassung fertig geworden, die Minderjährigen wurden von ihren Familien getrennt und auf der anderen Seite des Datenerfassungstischchens in eine Gruppe zusammengetrieben. Es mussten etwa zwölf Kinder gewesen sein. József zählte schnell durch, es stimmte, genau zwölf. Am Tischchen ließ man ihn eine Übernahmebescheinigung unterschreiben und händigte ihm ein Exemplar mit der Namensliste der Kinder aus. Man stellte ihm einen bewaffneten Soldaten zur Seite, damit er sie begleitete, bis sie mit dem Kleinbus bei ihm zu Hause ankamen und die Kinder bis auf das letzte ins Haus gegangen waren und man ihnen erklärt hatte, was sie zu tun hatten, was verboten war und was erlaubt. Juci bereitete sich zu Hause schon fieberhaft vor, zog überall frische Bettwäsche auf und hatte auch zwei Zusatzbetten besorgt. Sie hatte eingekauft und gekocht, alles blitzte vor Sauberkeit. Von nun an wird alles anders, das spürte sie irgendwie in ihren Knochen, den Eingeweiden, ihre Seele war leicht, die Arbeit ging ihr leicht von der Hand.

Die kleine Truppe ging los Richtung Ausgang. Nur das Weinen der Kinder störte die nachmittägliche Stille des Dorfes. Die Eltern starrten vor dem Container stehend stumm vor sich hin, sie rissen sich zusammen, sie heulten nicht, sie schrien nicht, riefen die Kinder nicht. Der Bewaffnete ging hinten, József und der Dolmetscher vorne, sie führten die Gruppe an. Sie kamen ans Tor, die Wache ließ sie durch den Schlagbaum, sie wandten sich nach rechts Richtung Parkplatz, wo der Kleinbus stand. Es war ein guter Kleinbus, József hatte ihn aus Österreich, wo er als Kellner in einer Bergpension gearbeitet hatte. Dort beschloss er, mit dem verdienten Geld auch in seinem Dorf eine Pension zu eröffnen. Der Kleinbus war gebraucht, mindestens acht Jahre alt, aber in gutem Zustand, mit guter Federung, ein französisches Modell. Es passten zwölf Personen hinein, drei der Kinder, dachte József, könnten im offenen Kofferraum des Kleinbusses sitzen.

Als sie am Fahrzeug ankamen, sahen sie, dass alle vier Räder aufgestochen waren. Sie waren schlaff, wie vier alte Brüste. Jemand musste gleich nach seiner Ankunft die Räder aufgestochen haben, es dauerte eine Weile, bis sie so platt wurden. József hatte etwa zwei Stunden im Lager verbracht, bis alle Dokumente ausgestellt waren und er sich mit den Kindern auf den Weg nach Hause machen konnte. Er rang nach Luft, er bekam keine. Im Grenzstreifen flogen Krähen auf, ihr Krächzen war bis hier zu hören, sonst war es still. József, der

Soldat, der Dolmetscher und die Kinder starrten die Räder des Kleinbusses an, dann sahen sie alle József an, was nun werden soll. József spürte einen stechenden Schmerz in der Brust, er sank auf den Bordstein und starrte vor sich hin. Die anderen traten von einem Bein aufs andere. In der stillstehenden, bleiernen Zeit waren alle in ihre Gedanken vertieft. Dem Kleinen fiel in diesem Moment ein, dass er schon groß genug war, um das Familiengeheimnis zu bewahren. Dann fiel ihm auch ein, dass Adeh ihm beigebracht hatte, dass man immer trinken muss, egal, was passiert. Er nahm den Mickey-Mouse-Rucksack von seinem Rücken, holte die Trinkflasche hervor, in der unten noch einige Schlucke Wasser waren. Er schraubte den Deckel ab und trat zum regungslos auf der Erde kauernden Mann. Er hielt ihm die Trinkflasche hin. *Drink,* sagte der Kleine. *Water good,* sagte er, wie er es von Adeh gelernt hatte. Er war sehr zufrieden mit sich.

Wege, sich einzuschmiegen

Über der erleuchteten Kuppel des Parlamentsgebäudes sieht sie in der Nacht rätselhaft kreisende Vogelschwärme. Sie kann sich nicht denken, was diese in der Luft schwimmenden großen, dunklen Flecken sein mögen, die gleichzeitig anziehend und abstoßend fürs Auge sind, ihre Zeichnung auf dem dunklen Himmel ist harmonisch bedrohlich, wie eine mit ruhiger Stimme ausgesprochene, wenig glückverheißende Prophezeiung. Erst denkt sie, es könnten Fledermäuse sein, dann sieht sie ein, dass das nicht sein kann, denn wenn so verdammt große Fledermäuse über die Stadt herfielen, *blut'ger Regen, Frösche, Krebse und anderes Ungeziefer aus den Himmeln*, selbst wenn es sich nur um die in Asien heimischen, im Übrigen friedlichen, Obst fressenden Riesenexemplare handelte, müsste man garantiert wieder die Schutzräume in der Stadt in Betrieb nehmen. An vielen Orten sieht man noch blasse, kaum mehr sichtbare rote Pfeile, die anzeigen, wo sie sich befinden, und im Übrigen, fiel ihr ein, warum sollten sie nicht auch in Friedenszeiten in Betrieb sein, wieso sollte es nicht alle paar Straßenecken einen kleinen, neutralen, geschützten Raum geben, einen Unterschlupf, wo sich die Menschen zusammenfinden könnten, Körper an Körper (der Rest kommt dann schon von allein), wo man das gemeinsame Ausgeliefertsein quasi mit Händen greifen könnte, dass die Bombe einem unabhängig von Rang, Besitz oder Herkunft auf den Kopf fällt, man geht zu Boden wie jeder andere auch, dass es in dem gegebenen Moment keinen gibt, bei dem man erwirken könnte, dass es nicht so sei, es gibt keine Schlupflöcher, keine Ausnahmen, es gibt nur die feuchtwarmen Ausdünstungen des Körpers, alle sind im Schutzraum, wenn sie fällt, gibt es nichts anderes mehr, nur das Fleisch, das vom blinden Schicksal mit Leichtigkeit in Fetzen gerissen werden kann. Und in Friedenszeiten, jener trügerischen Übergangszeit zwischen zwei Kriegen, sagen wir: jetzt, würde sich die Bevölkerung nach den Morgennachrichten ein wenig in die Schutzräume begeben, um den Puls, den Herzschlag wiederherzustellen, den Atemrhythmus aufeinander einzustimmen, einatmen, ausatmen, langsam, gleichmäßig, so lange, bis das Volk des Schutzraums synchron nach Luft schnappt, was endlich Körper und Seele entspannt, denn wenn sie fällt, dann gibt es kein Pardon, wenn du nicht auf Zack bist, erschlägt sie dich wie nichts.

Dann dachte sie, dass es Engel sein könnten. Warum sollte man das von vornherein ausschließen, nur weil es unwahrscheinlich ist beziehungsweise mit hoher Wahrscheinlichkeit unwahrscheinlich. Letztes Jahr sind die Niagarafälle eingefroren, das ist auch ziemlich unwahrscheinlich. Im einen Augenblick fallen sie noch, im nächsten, zack, eine Eisskulptur. Wasserfälle sterben auch im Stehen, wie die Bäume. Ein bisschen pummelig gewordene Engel, dachte sie, *Pummelengel*, man sieht ihrem Flug an, dass sie ein wenig schwer geworden sind, aber wer ist sie schon, um anderen zu viel Schwerkraft vorzuwerfen. Ihr Kreisen, ihr verzweifelt scheinendes Kreisen widersprach dieser Annahme allerdings einigermaßen, ihr Flug zeichnete eher Verwirrung und Ratlosigkeit nach und gab zu nicht besonders viel Hoffnung Anlass.

Wie wahrscheinlich ist eine Gruppe ratloser Engel.

Aber es sind doch Vögel, sagt plötzlich einer, der neben ihr in den Himmel starrt. Es hat sich schon eine kleine Menschenansammlung an der Ecke gebildet, alle beobachten sie das Phänomen. Sie sind durcheinander wegen des Lichts, sagt ein anderer. Früher war die Beleuchtung anders, sie wissen nicht, wohin sie fliegen, sie kreisen nur blind um das Licht herum. Sie sind im Blindflug. Dabei bleibt es.

Sie biegt in eine Seitenstraße ein, an der Ecke kündigt das Licht eines Neonportals einen chinesischen Imbiss an. Sie kennt den Ort nicht, er muss erst vor kurzem eröffnet haben. Vom Licht fällt ihr der Taxifahrer in Prag ein, der sie, die Fremde, durch die nächtliche Stadt fuhr. Als sie über den Fluss fuhren und an das Nationaltheater kamen, zeigte der Taxifahrer zu einem erleuchteten Fenster in dem ehrfurchtgebietenden Gebäude. Sehen Sie das Fenster?, fragte er, der Herr Direktor nimmt gerade sein Abendessen ein, sagte er mit einem zärtlichen, zufriedenen Lächeln, als würde er von seinem Lieblingsonkel sprechen und als hätte sich ihm wieder einmal die Ordnung der Welt bestätigt und was seine Aufgabe darin war. Als wäre es überhaupt keine Frage, wo er leben musste und mit wem und warum das gut für ihn war. Wie einer, dem seine Stadt ein Zuhause ist.

Sie betritt den neonbeleuchteten, menschenleeren Raum, hinter der Theke steht ein junger Chinese. Vor ihm in Metallbehältern die Gerichte, aus denen man wählen kann, sie fragt, was welches Fleisch enthält, der Junge zählt gleichmütig auf: Ünchen, Lind, mild, schaff. Sie bestellt, indem sie darauf zeigt, bezahlt, zieht sich mit ihrem Tablett an einen Tisch in einer entfernten Ecke zurück. Wenige Minuten später geht die Tür auf, ein mitgenommener Mann um die fünfzig kommt herein, er drückt eine abgewetzte Aktentasche an sich, er wankt eher, als dass er geht, stellt sich vor die Theke, wühlt in seinen Taschen, holt etwas Kleingeld heraus. Dreihundert, sagt er, mehr hab ich nicht, gib mir etwas Reis dafür. Ünchen, Lind, mild, schaff, wiederholt der chinesische Junge wie ein Mantra, als wäre er ein Zen-Meister, der auf jede Frage eine knappe, rätselhafte Antwort parat hat, er hätte genauso gut Pampagras unter Schnee, bleich, sagen können, mit der gleichen Stimme. Nur ein bisschen Reis, verstehst du, Fleisch brauch ich nicht, sagt der Mann und hält sich an der Kante der Theke fest, was sein Wanken etwas abschwächt. Er zeigt mehrmals auf den Behälter mit Reis, versucht den Jungen geduldig an die Lösung heranzuführen, die Sprachschwierigkeiten quasi zu überbrücken, denn schließlich verständigt der Mensch sich nicht mit Sprache allein, und wie um diese uralte Regel zu untermauern, holt er plötzlich, in dem Moment, als sie, die in der Ecke sitzt, gerade aufstehen will, um dem Mann zur Hilfe zu eilen, eine Mundharmonika aus der Aktentasche und fängt an, dem Jungen etwas vorzuspielen, in dessen Gesicht sich der Wellenschlag von Erstaunen und Erschrecken zeigt, wobei doch eher Letzteres überhandzunehmen scheint, wie eine plötzlich einsetzende Flut, er murmelt irgendwas, nein, darf nicht, gibt Problem, sagt er, wie eine junge Cassandra, und seine Weissagung erfüllt sich sogleich, der Lärm lockt aus dem hinteren Raum den Chef hervor, einen gestandenen, kräftigen Ungarn, der in einem gestandenen, kräftigen Ungarisch anfängt, den Jungen anzuschreien, so welche musst du vertreiben, was ist da nicht zu verstehen, hat man dir mit den Augen auch das Gehirn auseinandergezogen, schimpft er, es ist eher eine Frage als eine Behauptung, während der Mann mit der Mundharmonika unbeirrt weiterspielt, als dächte er sich an die Stelle der auf der sinkenden Titanic spielenden Band, jetzt ist er diese Band in einer Person, so schön, so befreit hat er vielleicht noch nie gespielt, er spielt, dass ihn nun keine Sorge mehr plagt, man sieht ihm an, dass er weiß, er hat nichts mehr zu verlieren, später allerdings erweist sich diese Annahme im Lichte der Ereignisse als falsch, denn der Chef drängt hinter der Theke hervor, entreißt ihm die Mundharmonika, schleudert sie zu Boden und tritt dreimal, aber vielleicht sogar viermal drauf, jetzt kannst du spielen, Arschgeige, und kaum sind diese Worte ausgesprochen, erhebt sich draußen, wie auf ein unbewusst ausgesprochenes Zauberwort hin, ein Windstoß, reißt die Tür auf und drei riesige dunkle Vögel kommen hereingeflogen, packen den Chef am Kragen und tragen ihn in ihren starken Schnäbeln davon, und sie rennt ihnen mit dem Mundharmonikaspieler und dem Jungen hinterher, und als sie an der Ecke ankommen, sehen sie, wie die Vögel mit ihrer Beute zum Lichtkreis über der Kuppel des Parlaments hochfliegen und dann langsam mit den in der Luft kreisenden dunklen Flecken verschmelzen. Die anderen beiden geben nach einer Weile auf und gehen wieder zurück, aber sie reißt noch ein wenig die Augen auf. Und letztes Jahr sind die Niagarafälle eingefroren, denkt sie und macht sich auf den Nachhauseweg.

Mann badet Löwen[1]

Für Péter Esterházy

PIERROT ›LE FOU‹ IST TRAURIGER STIMMUNG, ER BEREUT SICHTLICH SEINE PARISER SCHLECHTIGKEITEN. ODER IST ES DIE FURCHT VOR EINER RACHE? ER ZERPFLÜCKT GOLDENE PAPIERBLUMEN UND STREUT SIE IN DEN AUFKOMMENDEN ABENDWIND … PLÖTZLICH, AUS EINIGER ENTFERNUNG, LAUTES GEBRÜLL. DER BODEN BEGINNT ZU BEBEN, DAS BRÜLLEN VERSTÄRKT SICH, ES DAUERT, DAS DONNERN KOMMT NÄHER UND NÄHER – EIN HERRLICHER WAPPENLÖWE MIT GOLDÜBERPUDERTER MÄHNE TRITT AUS EINER SEITENLAUBE. PIERROT, DEN REST SEINER PAPIERBLUMEN HINWERFEND, VERSUCHT ENTSETZT ZU FLIEHEN, BLEIBT JEDOCH, ALS ER ÜBER EINE BARRIERE HINWEGSETZEN WILL, AN DIESER WIE EIN HALB AUFGEKLAPPTES FEDERMESSER HÄNGEN, SEINE HOSE PLATZT MIT UNANSTÄNDIGEM GEKNALL AN HUNDERT STELLEN AUF – DER WAPPENLÖWE, WELCHER IRONISCH LÄCHELND ZUGEWARTET HAT, LEGT ZIERLICH SEINE HANDSCHUHE AB UND SCHÄNDET DEN HILFLOS BAUMELNDEN PIERROT AUF DAS ENTSETZLICHSTE …

---

1 Nach einem Gemälde von Attila Szűts

DAS PUBLIKUM STAUNT ÜBER DIESE KÜHNHEIT.
(Textverpflanzung, Péter Esterházy: *Die Hilfsverben des Herzens;* deutsch von Hans-Henning Paetzke)

Pepe ist trauriger Stimmung, er bereut sichtlich – oder ist es die Furcht vor einer Rache?

Den ganzen Tag liest er in vergilbten Papieren und streut die Papierschnipsel in den aufkommenden Abendwind. Aber nein.

Plötzlich sieht er sich aus einiger Entfernung. Lautes Gebrüll. Pepe beginnt zu beben, das Brüllen verstärkt sich, es dauert, wird zu Donnern, Pepe hört sich selbst immer näher und näher. Pepe benutzt 4-lagige Tempo-Taschentücher der Marke Zewa.

Ein Wappen mit goldenem Ährenkranz tritt aus einem der Papiere hervor, wiegt sich sanft im abendlichen Lesesaal. Den Rest seiner Papiere hinwerfend, versucht Pepe entsetzt zu fliehen, bleibt jedoch, als er über seinen eigenen Schatten springen will, an diesem wie ein halb aufgeklapptes Federmesser hängen, seine Hose platzt mit unanständigem Geknall an mindestens hundert Stellen auf. Eine original Calvin Klein. Verdammte Scheiße. Auch das noch.

Das Wappen mit dem goldenen Ährenkranz, welches ironisch lächelnd zugewartet hat, legt zierlich seine Handschuhe ab und schändet den hilflos baumelnden Pepe auf das Entsetzlichste.

Das Publikum staunt über diese Kühnheit.

Pepe hat eine Obsession, so sagt er es, *Obsession,* dabei ist es nur eine jämmerliche Manie, ein Zwang. Pepe ist zwangsgesteuert. Pepe ist ein wenig verrückt (*fou*). Er jagt der Wahrheit hinterher. Jedes Mal, wenn sie ihm einfällt, beginnt er zu beben, lautes Gebrüll. Pepe versucht entsetzt zu fliehen, bleibt jedoch, als er über eine Barriere hinwegsetzen will, an dieser hängen. Er versucht es wieder und wieder, bleibt wieder und wieder hängen. Hose, Herz, ratsch. Der Abendwind streut Goldpuder über alles, so weit das Auge reicht, ist alles und jeder damit bedeckt. Alles ist so goldig. Puder, Feder, Messer, Handschuh. Rokoko Stillleben. Pepe betrachtet eine Weile ironisch lächelnd seinen hilflos baumelnden Schwanz, bevor er zierlich die Vorhaut zurückzieht.

Das Publikum staunt über diese Kühnheit. Pepe beruhigt sich vorübergehend. Später lautes Gebrüll.

Pepe lebt. Wer lebt, kann sich nicht verstecken. Nur wer tot ist, kann sich verstecken. (Vater, wo, um Gottes willen, bist du?) Schön langsam geschieht dem Menschen alles. Schön langsam wird jede Geschichte menschlich. Man muss sich nur gegen den auffrischenden Abendwind lehnen. Man muss nur zulassen, dass geschieht, was geschehen muss. Oder was schon geschehen ist. Man muss es zulassen, denn: es ist ja schon geschehen. (Oder?) Lass ihn über dich kommen, stell dich drauf. Lass es laufen. Die Vergangenheit ist (manchmal) wie der Donner: sie verstärkt sich, kommt näher und näher. Wenn das geschieht, vergisst Pepe die Ermahnungen seines Vaters und versucht, die Reste seines Puders hinwerfend, entsetzt zu fliehen. *Halte den Puder trocken, mein Junge, no matter what.* Ist gut, Vater, lass mich, ich lese gerade. Daddy cool, nur Pepe ist nicht cool. Pepe ist trauriger Stimmung, bereut sichtlich seine Schlechtigkeiten. Er hätte Papas Federmesser mit dem Perlmuttgriff nicht verkaufen sollen. Da geht einem doch das Messer auf, sagte der Papa immer. Pepe lebt. Aber ihm wäre es lieber, er lebte nicht. Er wünscht sich, er hätte niemals lesen gelernt. Er wünscht sich, das Publikum hätte niemals lesen gelernt. Das Publikum staunt ziemlich über diese *Kühnheit*. Khm. Ich bin enttäuscht von dir, mein Sohn. Ich bin enttäuscht von dir, Vater, und das ist ein Anderstäitment ohne Ende.

Forty: love.

Spiel- und Matchball.

Pepe tritt aus einer Seitenlaube.

Schnitt.

Pepe platzt mit unanständigem Geknall an mindestens hundert Stellen auf. Als würde der Boden beben.

Er würde gern die gelesenen Papierstücke in den aufkommenden Abendwind streuen, stattdessen geht er nach Hause, um ein Bad zu nehmen. *Ein heißes Bad löst alles*, Claudia Cardinale in *Spiel mir das Lied vom Tod*, nachdem sie das Objekt von Gewalt geworden ist. Im heißen Wasser denkt Pepe an Marianne, die Babysitterin der Familie, und dass er mit ihr davonlaufen wird, seine Frau und seine Kinder und diese ganze verpfuschte Wirtschaft hinter sich lassend. Marianne nennt ihn manchmal Pierrot, aber sie siezen sich streng, wodurch das Ganze nur noch erotischer wird. Zum wahnsinnig werden. Marianne nennt Pepe deswegen manchmal Pierrot, weil sie sagt, Pepe sei wie ein netter, trauriger, wahnsinniger (*fou*) Clown. Pepe wurde von seinem Vater Pepe genannt, da war er noch keine drei Jahre alt. Pepe gefiel es, dass er schon mit drei einen eigenen Spitznamen hatte. Papa hatte auch einen Spitznamen: Papili, aber Papili war da schon erwachsen, und wer erwachsen ist, der hat so was. Wer so was nicht hat, der wird nicht geliebt; wo du nichts findest, dort suche nicht und so was.

Pepe ist zurzeit siebenundfünfzig Jahre alt und in Clownsstimmung. Er bereut sichtlich seine Pariser Schlechtigkeiten mit Marianne – oder ist es nur die Furcht vor der Rache seiner Frau? Pepe besucht im heißen Wasser liegend Marianne in ihrer Wohnung, wo er eine Leiche auf dem Wohnzimmerteppich findet. Es stellt sich heraus, dass Marianne vom Geheimdienst beobachtet wird, also beschließen sie, sich aus dem Staub zu machen. Das Publikum staunt über diese Kühnheit. Die allgemeine Auffassung ist, dass es besser gewesen wäre, wenn sie geblieben wären, wo sie waren. ›Kurze Projektionspause, weil er einen Anruf bekommt; solange Pipi, Buffet, Popcorn, Cola.‹

Von Budapest fahren sie zum Mittelmeer mit dem Auto des Toten. (Wer hat den Toten getötet? Überhaupt: Wer ist der Tote? Tut das was zur Sache? Reicht es nicht, dass er tot ist?) Dort finden sie weitere Hunderte von Leichen im Meer schwebend, es sind die Leichen nordafrikanischer Flüchtlinge. Pepe denkt traurig daran, dass die hier dachten, dies hier sei das sprudelnde Europa, während Pepe weiß (zu wissen glaubt), dass Europa schweigt und vorübergehend nicht zu erreichen ist. Pepe zerpflückt goldene Papierblumen und streut sie in den aufkommenden Abendwind, ins Meer der Völker. Das Publikum staunt nur betreten, während Marianne, die sich ironisch lächelnd Pepes improvisierte Trauerfeier angesehen hat, zierlich ihre roten Handschuhe aus Saffianleder abstreift und auf das Entsetzlichste zu johlen beginnt. Hier entstehen einige Spannungen in Pepes und Mariannes Beziehung. (Werden sie sich aussprechen können? Finden sie die Urquelle der Probleme?) Die Leichen baumeln hilflos im Meer.

Das Wasser ist ausgekühlt. Es ist Zeit fürs Abendessen.

Pepe kann die Wanne nicht verlassen. Er lässt warmes, ja, heißes Wasser zum lauwarmen dazu. Ein wenig Whisky wäre gut, und dass ihm jemand statt seiner die Pulsadern aufschneidet. Pepe schaudert vom Gedanken, dass er es selber tun müsste, warum muss man sich selbst morden, murrt Pepe, wo ist das in Stein gemeißelt, warum sollten wir nicht einen Freund (eine Freundin) darum bitten können. Er könnte vielleicht Marianne fragen, sie wüsste, wie man so etwas anfängt. Würde ihm eine Weile mit dem gewohnten ironischen Lächeln zusehen, dann würde sie zierlich ihre Handschuhe abstreifen und ihn auf das Entsetzlichste selbstmorden. Die teure, praktisch veranlagte Marianne, die goldbepuderte Babysitterin. Pepe ist trauriger Stimmung, er bereut sichtlich, dass er je einen Fuß ins Amt gesetzt hat. Er kann über diese Kühnheit nur staunen. Nur ein Wahnsinniger (*fou*) konnte glauben, dass sich dadurch irgendetwas aufklären würde. Dass er Papili dadurch besser kennenlernen würde, als er noch nicht Papili war, sondern irgendein *Zuspieler*. Wie es scheint, mögen andere es auch, Spitznamen zu vergeben. Warum hatte man wohl Papili ausgerechnet Zuspieler genannt? Was mag er wem zugespielt haben? Schließlich war Papili kein Tennistrainer, sondern Hochofeningenieur. Im wieder segensreich wärmer gewordenen Wasser setzt Pepe seine problematische Beziehung zu Marianne fort. Sie haben einen unorthodoxen Lebensstil, sie sind ständig auf der Flucht, Leichen säumen ihren Weg. Pepe macht das nicht unbedingt glücklich, was Marianne dazu veranlasst, ihn (bei solchen Gelegenheiten) Pierrot zu nennen, da Pepe ihrer Meinung nach wie ein trauriger Clown ist. (Gibt es fröhliche Clowns, und wie wäre das?) Pepe macht das nichts aus, er mag Clowns, was er nicht mag, sind die Tiernummern. Seiner Meinung nach sind diejenigen die Tiere, die die Unglücklichen, die sie gefangen haben, zu solchen Sachen zwingen. Neulich gab es im Spektrum ein Video über Zirkustiere, die das erste Mal freigelassen wurden, sie sollten aus ihrem Käfig herauskommen, und es gab welche, die sich nur ganz vorsichtig heraustasteten, damit sie keine Überraschung erleben, wenn sie eventuell wieder zurückgeschickt werden, es gab welche, wie zum Beispiel den Tiger, der schwungvoll heraussprang, als würde er nur wieder in Besitz nehmen, was ihm immer schon gehört hat, und es gab welche, wie die beiden Schimpansen, die blinzelnd und einander an der Hand haltend heraustraten, um sich dann erschrocken zu umarmen und wieder zurück in den Käfig zu flüchten. Das Publikum staunt über diese Kühnheit.

Pepe und Marianne lassen sich an der französischen Riviera nieder, vorher versenken sie den Suzuki des (ersten) Toten im Mittelmeer, nachdem sie begriffen haben, dass man an der Riviera nicht mit einem Suzuki unterwegs ist. Ist ohnehin ein Scheißwagen, die Kupplung rutscht, und überhaupt: wieso sollte man in einer Fantasie mit einem Suzuki herumfahren?? Darüber ärgert sich Pepe ein wenig, dann sagt er nur so viel: typisch. In solchen Momenten ist wenig Selbstliebe in Pepe, aber er arbeitet daran, laut seines Psychiaters ist er auf einem guten Weg. Wem sagt er das, würde Papili sagen, der, wie es scheint, noch andere Dinge gesagt und auch geschrieben hat. Pepe hat während seiner ganzen Pubertät versucht, Papilis Handschrift nachzuahmen, gegen Schluss hatte er sie sich ganz geschickt angeeignet. Jetzt ist es so, als wäre es seine eigene Handschrift, die ihm aus jenen dicken Dossiers entgegenkommt. Servus, mein Junge, servus, Papili. Er konnte auch seine eigenen Einträge ins Klassenbuch statt seiner unterschreiben (um Papili nicht mit so einem Blödsinn zu belasten, sagte Pepe zu seiner Verteidigung, als er einmal übel aufflog; da streifte Papili zierlich seine Handschuhe ab und ohrfeigte den hilflos baumelnden Pepe auf das Entsetzlichste. Anstand vor allem, mein Sohn. Klatsch. Lautes Gebrüll).

Pepe und Marianne ziehen sich in ein kleines Dorf in Südfrankreich zurück, sie leben ein einfaches Leben. Marianne arbeitet in ihrem Küchengarten, Pepe philosophiert und schreibt Tagebuch.

Auf der Veranda fanden wir keinen mehr, eine harte Nacht wölbte sich über uns, am windgefegten, geschliffenen Firmament funkelten reine Sterne und ein in der Ferne blinkendes Licht mischte jeden Augenblick davonschwindende Asche darunter, das Lüftchen brachte den Duft von Gewürzen und Steinen, als würde ein Auto einige Straßen weiter lange über eine nasse Fahrbahn gleiten, es brauste davon, und hinter ihm brachen verwirrte, ferne Schreie die Stille. Dann fiel wieder mit ihrem ganzen Gewicht die Stille über uns, die Firmament und Sterne ist.

Marianne hat genug von der Stille, dem Firmament, den Sternen und der Gottverdammtenscheiße, und dass man nirgends anständige Haarfarbe in dem vermaledeiten Dorf bekommt. Wer lebt, darf sich nicht verstecken, sagt Marianne. Dann bezichtigt sie Pepe der Geizigkeit und dass er, seitdem (Zeit) sie da sind, immer weiter schrumpft. Summa: sie hat genug. Sie will zurück in die Stadt, damit sie endlich ein wenig am Nachtleben teilhaben kann. Pepe ist weich, er lässt sich breitschlagen (Fehler), sie gehen in eine Bar namens *Provokateure*, wo sich ihnen sofort zwei Geheimagenten an die Fersen heften, die sie auch bisher schon beschattet haben (wer lebt usw.). Die beiden Agenten missbrauchen Marianne sexuell, die es augenscheinlich genießt, dass endlich etwas passiert, ihren nackten Hintern betrachten die Agenten eine Weile lang mit höhnischem Lächeln, streifen dann zierlich ihre Handschuhe ab und schänden Marianne auf das Entsetzlichste, vor den Augen des ohnmächtig baumelnden Pepe. Pierrot!, ruft Marianne Pierrot, aber Pierrot kann sich nicht rühren, er hat das Gefühl, wahnsinnig geworden zu sein (*fou*). Das Publikum staunt über diese Kühnheit. Nachdem sie mit Marianne fertig sind, streifen die beiden Agenten zierlich ihre Handschuhe wieder über und nehmen Pepe in Behandlung, den sie in der Toilette ordentlich waterboarden, eine Technik, die sie sich im Militärgefängnis von Guantanamo angeeignet haben. Wenn er manchmal Luft bekommt, ruft Pepe, er sei ein Bürger der Europäischen Union und werde sich an Strasbourg wenden. Er begeht den Fehler, es nicht als Straßburg auszusprechen, sondern auf Französisch Strassburrrr zu sagen, was die beiden Agenten ungeheuer wütend macht, da sie keine Fremdsprachen sprechen und die Sache persönlich nehmen. Für die (vermeintliche) Frechheit blüht Pepe noch einmal fünfmaliges Eintunken. Als sich die beiden Agenten endlich aus dem Staub gemacht haben, findet Pepe auch Marianne nicht mehr. Er zeigt dem Barmann ein Foto von ihr, woraufhin der Barmann verwundert ausruft: die reinste Anna Karina! Das schmeichelt zwar Pepe, aber für sein Grundproblem ist es nicht hilfreich: egal, wem Marianne ähnlich sieht, sie ist nirgends zu finden. Später lässt sich Pepe, wer weiß, warum, in Toulon nieder.

Das Wasser ist wieder kalt geworden, er schrumpft.

Stille, Firmament, Stern.

Bereits am nächsten Morgen, als sich Marianne und Pepe wiedertreffen, haut sie ihn noch ein letztes Mal übers Ohr. Sie bringt ihn dazu, einen Koffer voller Geld zu klauen, und macht sich dann mit dem Typen, von dem sie behauptet hat, er sei ihr Bruder, aus dem Staub. Schön langsam geschieht alles mit dem Menschen, denkt Pepe. Er nimmt seine Magnum und erschießt Marianne und den falschen Bruder und malt sich dann das Gesicht blau, wie er es in *Blues Brothers* gesehen hat. Dann kommt er dahinter, dass noch etwas fehlt, also befestigt er kleine Dynamitstangen in Rot und Gelb an seinem Kopf und beschließt, sich in die Luft zu sprengen. Aber darf man denn alles wollen?, denkt er in letzter Sekunde und nun funkeln seine klugen Augen traurig. In letzter Sekunde versucht Pepe die schon brennende Zündschnur zu löschen, er spuckt drauf, einmal, zweimal, dreimal, aber vergebens, Pepes Kopf und Pepe mit ihm fliegt in die Luft.

Der Himmel ist leer, sagt heiter der herbeigerufene ungarische Rettungsarzt. Wenn Sie verstehen, was ich meine, sagt er zu der erschrockenen Menschenmenge, die um die Fetzen der Leiche herumsteht. Dann streift er zierlich seine Gummihandschuhe ab und zündet sich eine auf das Entsetzlichste stinkende ungarische Zigarre namens Csongor an. Das Publikum staunt über diese Kühnheit.

Pepe beginnt im eiskalten Wasser zu frieren. Er muss raus. Irgendwie kann man immer raus. Aber was, wenn doch nicht? Was, wenn er hier warten muss, bis jemand die Tür aufbricht? Geht nicht, denkt Pepe, das Archiv öffnet um neun und es ist schon um halb neun. Die Zeit schrumpft. Wir müssen uns beeilen.

Delfinshow

Sie riss die Tür der Kabine auf, eine Schwade dichten Dampfs schlug ihr ins Gesicht und sog sie sofort in den engen Raum hinein. Als wäre sie in den nach Kamille duftenden Vorraum der Hölle geraten. Als würden der undurchschaubare Raum und der angenehme Geruch dazu dienen, die auf Einlass Wartenden zu betäuben, ihre Aufmerksamkeit zu lähmen und ihre Befangenheit zu lösen davor, was sie erwartete. Damit sie nicht daran dachten, was gleich kommen würde, sondern nur daran, was gerade ist, hier und jetzt. Damit sie die Nähe der anderen Körper spürten, die sie nur als dämmrige Flecken sahen, damit sie ihre eigenen Poren spürten, die sich erschrocken öffneten, damit sie sich an die überall hervorbrechenden Seufzer gewöhnten, an das schmatzende Geräusch der Schenkel auf dem von Dampf und Schweiß rutschig gewordenen Stein, das gemischte Lechzen der in Badeanzüge und Badehosen gezwängten nassgeschwitzten Rücken, Brüste und Geschlechtsorgane nach der verbotenen Nacktheit. Hier und da blitzte ein deformierter Fuß auf, ein schön geschwungener Hals oder ein seltsames Profil, aber der Dampf schloss sich sofort wieder um sie, als wären sie nie da gewesen, und davon schwitzte sie nur noch mehr, denn sie konnte plötzlich nicht entscheiden, ob sie nun sah, was sie sah, und ob diese Unsicherheit sie nun anzog oder abstieß. Ob sie sich nicht vielleicht entfernen sollte, solange es noch ging, gleichzeitig spürte sie, wie sie immer schlaffer wurde, das Aufstehen wäre immer schwerer gegangen, mehr noch, eigentlich fühlte sich das alles ganz angenehm an – davon verstehen sie was, die Arschgeigen –, und es zog sie immer weniger hinaus, dorthin, wo alles so deutlich zu sehen ist. Sobald das Bild aufklarte, schloss sie schnell die Augen und wartete auf die neuen, erlösenden Dampfschwaden, die, wie erwartet, fauchend und zischend ankamen, so dass sie wieder in die wohltuende Unsichtbarkeit hineinstarren konnte. Der erste Tag des neuen Jahres. Man muss nicht immer wissen, man muss nicht immer sehen, es reicht, wenn man spürt, es reicht, wenn man jetzt nur spürt, spürt, dass man existiert. Aber dann gerät doch immer irgendwie ein Haar in die Suppe, denn die Augen können wir zwar schließen, aber die Ohren, unsere armen, fehlbaren Ohren, die stehen stets sperrangelweit offen wie eine halb verfallene alte Stalltür.

Die Sicht war weiterhin von mildtätigem Nebel bedeckt, doch mit dem plötzlich aufkommenden kalten Luftzug spürte sie auch den Einzug zweier Körper, und dann, wie feuchte Schenkel die Steinauflage der gegenüberliegenden Bank berührten. Die erste Stimme hörte sich an wie die eines untersetzten, übergewichtigen, kahlköpfigen Mannes, bauchig, heiser, mit Goldkette. Die andere Männerstimme klang eher nach einem zögerlichen Schlacks, dem ewigen zweiten Geiger, ein wenig beleidigt, fast schon ins Falsett gehend. Allegro ma non troppo.

Der Géza hat gestern gesagt, ich soll mit Delfinen schwimmen, fing der Untersetzte an. Was für'n Scheiß? Mit was für Delfinen? Die Stimme des Anderen war vor lauter Überraschung eine halbe Oktave höher gerutscht. Der hatte bestimmt einen sitzen. Das sagte er ein wenig irritiert, aber man konnte spüren, dass seine leise Empörung weniger Gézas Alkoholmissbrauch zu Silvester galt, den man ihm kaum zum Vorwurf machen konnte, als eher der Tatsache, dass er von dieser

Delfinsache nichts wusste. Schon wieder hat er was verpasst, schon wieder hat man ihm nicht Bescheid gegeben, schon wieder bekommt er die Infos nur aus zweiter Hand. Na, in der Delfinshow beim Plaza. Er sagte, sagte die Stimme mit der Goldkette, er bezahlt, ich soll mit den Delfinen schwimmen. Der Géza, wetterte das Falsett, der hat in seinem Leben noch keinem was bezahlt. Selbst die eine mickrige Runde zahlt er immer so, als wäre grad seine Mutter gestorben. Dass der ausgerechnet in so was investieren würde, der Untersetzte solle mal keinen Blödsinn erzählen. Ist sowieso total eklig, fügte er hinzu, schon der Gedanke daran, mit so großen, glitschigen Fischen in einem Wasser... Scheiße, bist du blöd, Delfine sind keine Fische. Was dann, Fleisch? Säugetiere, Kleiner, Delfine sind Säugetiere. Weißt du, was das ist? Umso schlimmer. Das ist ja auch nicht normal. Seine Jungen im Wasser kriegen.

Darüber sannen sie ein wenig nach. In der plötzlichen Stille war jeder Atemzug, jeder Seufzer lauter zu hören, man hörte förmlich das Strömen des Schweißes, das Rasen der Blutzellen, das Aufgehen der Poren, man konnte die sonst unterdrückten Geräusche, das Rumoren, das minimalistische Tonspiel des Körpers, des Fleisches hören. Ja so, jetzt, das ist es. Aber nein. Warum sollte der Übergewichtige laut Géza mit Delfinen herumschwimmen? Also, es ist so, wenn wir es unbedingt wissen wollen, dass in Wahrheit der Géza mit Delfinen schwimmen möchte, sich aber alleine nicht traut. Was traut er sich nicht? Zu den Delfinen reinzuschwimmen. Und er will ihn als *wing man*. Das Falsett machte sich gleich in die Hose, dass sich der Géza so einen Scheiß ausdenkt und auch noch einen anderen mit sich reißt. Die Kontaktperson bei den Security-Leuten ist großzügig. Angeblich ist es nicht so 'ne große Sache, schließlich ist er ein Kumpel. Er sagt, es ist, als würde er nach Tahiti fahren oder was weiß er wohin. Dafür stehen die Chancen nicht gerade gut, aber das Plaza in Csepel kann der Géza sich gerade noch aus den Rippen leiern. Er sagte, vielleicht könnte er so ein wenig die Sache vergessen. Was für eine Sache. Na das, was hier so läuft. Und überhaupt alles. Dass ihn die Frau rausgeschmissen hat, dem Kind darf er sich nicht mal nähern, er wohnt jetzt in irgendeiner heruntergekommenen Bude zur Untermiete. Dass er bei der Firma im Zuge der Umstrukturierung zu einer komplett anderen Abteilung gekommen ist, keine Peilung, was er da machen soll, und er bekommt nur noch die Hälfte gezahlt. Aber er ist noch froh, dass man ihn wenigstens nicht gefeuert hat, dann könnte er nämlich umziehen auf die Straße. Die, die das Maul aufgerissen haben, wozu braucht man ein Stadion vorm Klofenster und so weiter, die wurden alle irgendwie gefeuert. Géza hat wenige Tugenden, aber er weiß, wann man kuschen muss. Ein Atemzug Zeit, sie schwiegen anerkennend. Ich beneide ihn schon, ihm reichen ein paar Delfine zum Happy-Sein. Reichen tut das nicht, wälzte der Andere nachdenklich die Worte im Mund, aber vielleicht hilft's ja ein bisschen, weißt du, so therapeutisch. Na, das könnte er auch ganz gut gebrauchen, quengelte der mit der dünnen Stimme. Dann dachte er nach. Die Viecher würde er vielleicht noch irgendwie aushalten, aber untertauchen, das kann er nicht. Er solle keinen Scheiß reden, der Andere konnte es kaum glauben, er könne echt nicht untertauchen? Nein, seinen Kopf habe er nie eintauchen können. Pass auf, der Untersetzte war zu einer Entscheidung gekommen, ich bekomm hier eh keine Luft, lass uns abhauen.

Sie hörte, wie sie sich mit einem Schmatzen von der Steinbank lösten. Sie sah fleckenweise, wie sie aufstanden und sich dem Ausgang zuwandten. Sie rissen die Tür auf, kalter Luftzug herein, zwei Figuren hinaus. Vergebens, es gelang ihr nicht mehr, sich in die wiederhergestellte Stille zu versenken. Ihr Körper hätte es noch ausgehalten, aber die Neugier trieb sie hinaus. Sie wollte sehen, ob sie wirklich so aussahen. Bei den Duschen waren sie nicht, beim Becken mit dem warmen Wasser auch nicht. Dann hörte sie sie aus Richtung des kalten Beckens.

Du bist vielleicht ein Idiot, Scheiße, hör auf. Das Falsett schnappte röchelnd nach Luft. Du schaffst das, verdammte Scheiße, sprach ihm der Andere zu, du musst nur ein bisschen üben. Diese Delfine verstehen keinen Spaß.

Sie ging vorsichtig näher ran, um sie auch zu sehen. Die Goldkette stimmte, aber er war größer als das Falsett, was das anbelangte, hatte sie sich also geirrt. Und er drückte den Kopf seines Protegés gerade wieder unter Wasser. Der strampelte eine Weile und versank schließlich ganz im eiskalten Wasser. Der zum Trainer Avancierte wartete grinsend und machte sich für den nächsten prustenden Protest bereit. Es verging fast eine Minute, bis er zu grinsen aufhörte und anfing, am Arm seines Kumpels zu zerren, der wie eine anthropomorphe Gummimatratze leblos im Wasser schwebte.

In dem sich plötzlich auftuenden Tumult schubste sie jemand beiseite, das weckte sie endlich aus ihrem benommenen Starren, sie blickte auf. An der Wand gegenüber sprang elegant ein bunter Mosaikdelfin aus dem Meer. Sie hatte ihn bis jetzt noch nie bemerkt.

Wie die Bäume

Na komm, unterhalte mich.

Veras Mund war ausgetrocknet, die Zunge klebte am Gaumen. Als sie sprach, rissen die Speichelfäden an ihren Lippen etappenweise auseinander wie die Stalagmiten oder die Stalaktiten. Ich konnte mir nie merken, welche welche sind. Ich gab ihr zu trinken.

Gut, sagte ich. Weißt du noch, dass sie in Carrara die Schlaglöcher mit Marmor ausbessern?

Reden ging noch einigermaßen, das Lachen fiel ihr schwerer, dafür braucht man zu viel Luft. Sie lag die meiste Zeit, um ihre Atemoberflächen nicht zusammenzustauchen. Aus dem Fenster konnte man direkt auf die Zitadelle sehen, ein besseres Zimmer hätte sie kaum bekommen können. Dass sie noch keine sechzig sei, aber sie sei schon in hellen und in dunklen Krankenzimmern gewesen, in welchen, wo der Putz von den Wänden fiel, und welchen, die man frisch gestrichen hatte, mit gefliesten Wänden und mit Wasserflecken, in welchen, wo man die Sauberkeit sehen konnte, und in welchen, in denen man sich bestimmt darum bemühte, nur sehen konnte man es nicht, in Einbettresidenzen und in Massenunterkünften mit vielen, vielen Betten, sie sei überall schon gewesen, zählte Vera auf, aber eins, wo man aus dem Bett Tatjana mit dem Fisch zuwinken konnte, hatte sie bis jetzt noch nicht. Und wenn dich der riesige Barsch nicht daran hindern würde, würdest du sogar zurückwinken, nicht wahr, Tanjuschka, schto ti dumajesch, rief Vera dem Fenster zu, dachte, gerufen zu haben, aber ihre Stimme war dünn wie ein Häutchen, wie das hinterhältige, leicht brechende frühjährliche Eis auf einem See. Man bräuchte noch einen Cocktail mit einem kleinen Papierschirmchen, sagte sie, und dass jemand RTL Klub ausschaltet, mit dem man sie berieselte. Mach mal aus, bitte, sagte sie, und ich wusste gar nicht, wovon sie da redet, ich hatte den unkontrollierten Geräuschschwall des Fernsehers gar nicht gehört. Den Cocktail bekam sie später auch, aber bevor sie seine segensreiche Wirkung hätte genießen können, knockte er sie auch schon aus. Darüber beschwerte sie sich später, nachdem sie aufgewacht war, bei Schwester Dia. Man gönnt mir noch nicht mal eine kleine Reise. Sie schmollte. *Warum kann man es nicht so dosieren, dass ich dabei noch wach bin, ist das so kompliziert?* Allerlei hübsche Schläuche hingen aus ihr heraus.

Wir gingen auf Reisen, zu zweit und auch zu mehreren, zuletzt im Mai letzten Jahres. Aus unserer ehemaligen Klasse fuhren wir zu fünft los, mit einem speziellen Nissan Kleinbus, Fifa, Márti, Cili, sie und ich, eine fickrige Truppe in ihren späten Fünfzigern. Man konnte den Boden des Kofferraums umklappen, der Rollstuhl passte selbst im aufgeklappten Zustand glatt hinein. Wir hatten den Ausflug für den Herbst geplant, aber plötzlich schien der Herbst sehr fern. Ich mach den Wackeldackel, sagte Vera, streckte die Zunge heraus und nickte albern. Die Ruhe des italienischen Badeortes in der Vorsaison mischten wir mit Leichtigkeit auf, wir lachten wiehernd, über einfach alles. Der Bäcker gab uns fünf Hörnchen umsonst, *va bene*, sagte er wie ein gutmütiger Dschinn aus einem Märchen, *va bene*. Mit den Hörnchen beruhigten wir unsere verkaterten, brennenden Mägen, und die Details des vorherigen Abends verloren sich allmählich im Nebel. Ich kann mich noch an so viel erinnern, dass wir uns auf der Terrasse eines Kaffeehauses ausruhten, als sich Fifa plötzlich in Veras elektrischen Rollstuhl setzte, der neben ihr parkte, und anfing, laut quäkend Slalom zwischen den italienischen Mamas mit ihren Einkaufstüten und den Kindern zu fahren. *Pozor, formula uno, attenzione,* so was hörten wir aus der Ferne.

Meine beste Freundin, zeigt Vera auf mich, woraufhin Schwester Dia die Augenbraue hebt, wo zum Henker ich dann bis jetzt gewesen sei. Ist sie nicht süß?, fragt sie Schwester Dia, alle meine Kerle waren in sie verknallt, sagt sie, woraufhin Schwester Dia mich ansieht und erneut die Augenbrauen hebt, ich kann nicht anfangen zu erklären, dass es umgekehrt war, verstehen Sie, liebe Dia, genau andersherum, dass wir seit vierzig Jahren über die rissigen Pfade der Eifersucht trotten, die ausgedienten Tretmühlenpferde, die wir sind. Dass wir uns mit hartnäckiger Arbeit jeweils eine perfekte Zeugin herangezüchtet haben. Wie hieß nochmal der Höhlenforscherbursche, der dich ständig mit nach unten nehmen wollte, fragte sie. Ich kannte niemanden außer ihr, der Bursche statt Kerl gesagt hätte. Ausgerechnet mich mit meiner Klaustrophobie. Aber später hat sie sich auch den Höhlenforscher unter den Nagel gerissen und sie ist dann auch mit ihm hinunter. Ich verzieh Vera immer und immer wieder und wenn es mal andersherum war, denn manchmal war es durchaus auch andersherum, verzieh auch sie mir gnädig. Ideal wäre für sie ein Dreieck gewesen, in dem wir beide sie angehimmelt und sie uns dies gnädig erlaubt hätte. Der Zustand gegenseitiger Abhängigkeit wurde von gelegentlichen Ausbruchsversuchen belebt. Nach einigen Ausschlägen pendelte sich unsere Beziehung aber jedes Mal wieder in einer verlässlichen Mitte ein. Und dann gab es den einen Fall, als sie sich doch nicht wieder ganz einpendelte. Vergebens amputierte ich die Erinnerung, ständig spukte sie herum, wie ein abgeschnittener Arm, manchmal überraschte sie mich im Traum, so dass ich hochschreckte und anschließend nur dalag in meinem durchgeschwitzten Nachthemd. Vera heiratete diesen *Fall* natürlich und ließ sich Jahre später wieder scheiden. Natürlich kam sie immer zu mir, um sich zu beklagen, und ich tröstete sie großzügig. Der Dini ist ein Rindvieh, sagte ich bei solchen Gelegenheiten und streichelte Veras verweintes, blasses Gesicht. Hja, nun.

Ihr fettiges, rotes Haar liegt glanzlos ausgebreitet auf dem Kissen, die Hitze drückt sich aufdringlich durch das offene Fenster herein wie ein penetranter, ekliger Verehrer. Nach dem morgendlichen Kaffee verfügte Vera: los, wir gehen einen Badeanzug kaufen!, und surrte hurtig, wie eine Bienenkönigin in Trance, auf die andere Straßenseite hinüber, wo sie ein Geschäft entdeckt hatte, das geeignet schien. Fifa, Márti, Cili und ich hechelten ihr hinterher. Sie ließ uns ganz schön schwitzen und beklagte sich, wie untrainiert wir seien. Wenn es nach euch ginge, kämen wir erst mittags an den Strand, maulte sie und schaltete auf eine noch höhere Geschwindigkeit. Ein bisschen Konditionstraining stünde euch ganz gut zu Gesicht, meine Teuren, sagte sie. Das Morgenlicht blitzte im Rückspiegel ihres elektrischen Rollstuhls auf.

Schwester Dia kommt herein, wechselt, verbindet und sagt etwas Vorausweisendes. Heute haben wir schönes Wetter. Oder: Morgen wird schönes Wetter. Eventuell, na, hat sie die Wurstsemmel gegessen, meine Kleine! Ich hab sie nicht gegessen, ich hab sie weggehauen, sagt Schwester Dias Kleine, hab sie vom Bett aus in den Papierkorb geworfen, ging glatt rein.

Fifa fuhr den Kleinbus und hob sie immer aus ihrem Sitz. Fifa hatte sich mit der Arbeit eines ganzen Lebens einen beträchtlichen Bierbauch wachsen lassen, wie ein ordentlicher, zu alt gewordener Fußballtorwart aus der zweiten Liga, so dass er manchmal vor Anstrengung auf den hilflosen Körper fiel. Wollen wir bumsen, Veru?, und sie wieherten wie's Vieh. Im Ungarischunterricht, vor vierzig Jahren, dasselbe Wiehern, als sie den Namen Zoltán Gombocz vernahmen. Mit kurzem O und nicht mit Ó wie in gombóc, dem Knödel. Sie schauen einander an, sie können nicht aufhören, die Eiserne Lady schmeißt sie auf der Stelle raus auf den Flur. Man konnte ihr ersticktes Lachen sogar noch aus dem gemischten Klo in der ersten Etage hören.

Egal, wie oft ich sie zudecke, im Schlaf deckt sich Vera immer auf, ihr Nachthemd rutscht hoch. Ihre von der sie plötzlich überfallenden Krankheit abgezehrten Schenkel hängen unter ihren mit fahlen, roten Haaren bedeckten, trockenen Lenden wie verdrehte Marionettenbeine. Ich decke sie wieder zu. Wo warst du so lange?, sie fällt sofort über mich her, sobald sie wach ist. Ozean und so weiter, verteidige ich mich. Ich hätte schon vor fünf Monaten kommen sollen. Sie sollen sich die Herbstkollektion in den Arsch schieben, habe ich ihnen gesagt, zusammen mit dem Doppelheft, das können sie sich doppelt reinschieben, ich fahre für eine Woche nach Hause. Du hast die Großvisite verpasst, der Herr Chefarzt ist ein *Hüne*, du würdest voll auf ihn stehen, Mócilein. *Hüne*, Veras Wort. *Móci*, Veras Wort. Mónika nennt mich nur mein Vater. Macht's dir nichts aus, dass ich seit zehn Jahren mit einer Frau zusammenlebe, frage ich. Doch, sagt Vera, weil nicht ich es bin. Ich schaue sie plötzlich an, aber sie grinst natürlich, müde, Schweiß rinnt ihr die Schläfe hinunter, ich befeuchte ein Tuch, wische sie ab wie ein Boxtrainer zwischen zwei Runden seinen Wettkämpfer. Wir waren schon fast am Meer, als Vera auf die Idee kam, wir sollten sie an einen Baum binden und fotografieren. Márti war dagegen, als hätte sie in ihrer stylischen Budaer Privatpraxis für Dermatologie noch nie Dinge gesehen, die dem Auge missfallen. Fifa hingegen legte johlend noch einen drauf, er war bei allem dabei: *Santa Sebastiana, perfetto, idealissimo!*, dazu hob er beide Arme und wackelte mit seinem verfetteten Männerhintern wie ein Sambaschüler beim Karneval. Der breite Ledergürtel seiner Hose versteckte sich unter der Wölbung seines hervorquellenden Bauchs. Cili bemühte sich um eine unbewegte Miene, was ihr nach vier Kindern spielend gelang, und ich wollte wissen, ob Vera das ernst meinte. Sie meinte es ernst.

Fifa und ich trotteten zum Parkplatz zurück, wo wir den Kleinbus gelassen hatten, und holten das Abschleppseil aus dem Kofferraum. Fifa sah mich fragend an, mit dem pedantisch zu einer Schnecke gedrehten Abschleppseil in der Hand. Was muss man hier sagen, damit man Kutteln bekommt, fragte er. Ich streichelte zärtlich über Fifas Wampe, die afrikanischen Taschenverkäufer beobachteten unser Duo interessiert aus der Ferne. Ein alterndes Paar, Chef und Sekretärin, die sich an einem heimlichen mediterranen Wochenende für morgendliches Sadomaso bereit machen. Willst du einen Müsliriegel? Machst du Witze? Na gut, lass uns gehen. Wollen wir ihr nicht eine kleine rote Gucci kaufen? Ich sah ihn an, aber Fifa meinte es ernst. Nur, wenn du sie auf zehn Euro heruntergehandelt kriegst. Sieh zu und lerne, Mócilein.

Kennst du irgendeinen guten Klatsch, fragt Vera. Oder irgendwas, egal was, ich werde noch wahnsinnig vor Langeweile.

Mir fallen nur schlimme Dinge ein. Gesichter.

Paul, der seine Sachen, die er zu unserer Wohnungstür getragen hat, stehen lässt und noch einmal zurückkommt und mit düsterer Miene das Barometer abhängt, das neben dem Wohnzimmerfenster hängt, Wetter gibt es immer, sagt er, und ich muss lachen, das ist peinlich, Paul schlägt die Tür hinter sich zu. Einen anderen Mann hätte er einfach niedergeschlagen, in die Fresse gehauen, Säbelgefecht, Geschrei, aber er hat keinen Schimmer, was man mit einer Frau machen soll. Für Paul ist nach zwanzig Jahren Ehe eine Frau als Rivalin einfach nur demütigend. Der arme Paul. Unter seinen Augen dunkle Ringe vor lauter Unausgeschlafenheit. Er hat das nicht verdient.

Das Gesicht von Sarah, einer unserer Näherinnen, als sie erfuhr, dass ihr jüngerer Bruder, der im Irak dient, verwundet wurde.

Mein eigenes Spiegelbild in der Diele in der Dohány-Straße an dem Tag, an dem ich das Land endgültig verließ.

Dann plötzlich doch etwas.

Ihre Haut, wie sie sich von hinten gegen meine presst, meine Haut, die sich daraufhin vor freudiger Überraschung spannt, ihre Haut, die eine Mischung aus Hitze und dem Geruch von Unicum und Zigaretten verströmt, meine Haut, die diese toxische Mischung über die Poren in sich aufsaugt, sie wird auf ewig latent in mir bleiben, wie die Malaria, das weiß ich da aber noch nicht, da ist nur dieser Moment, der lange gehaltene Ton der Gegenwart, der die Stille der Nacht in Nyíregyháza im Winter siebenundachtzig durchbricht, ihre Haut, die erschlafft, aber mich nicht loslässt, meine Haut, die beginnt, blind eine Karte zu zeichnen, den Vulkanboden einer fremden Landschaft abzutasten, ihr Relief, um später zurückzufinden, ich weiß noch nicht, dass ich meine Entdeckung in Sand gezeichnet habe, ich rechne nicht mit der Flut, die sie davontragen wird; ich werde nicht zurückfinden.

Es sieht so aus, dass ich zu Weihnachten nach Hause kommen kann. Das sage ich schon laut. Und sie schaut mich an mit ihren dunklen, ungeschminkten Augen. Ohne Schminke sei sie nackt und ausgeliefert, sagte Vera immer, eine Schnecke ohne Gehäuse, ohne Zuhause. Sie benutzte die Farbe wie Achill seinen Schild, dennoch verriet diese zur Perfektion entwickelte, entschlossene Verhüllung ihre Verletzlichkeit. Dass sie später eine Gefangene ihrer eigenen, versteinerten Maske wurde, bemerkte sie nicht einmal. Im letzten Studienjahr machten wir unser Praktikum bei einem Theater in der Provinz, ich entwarf die Kostüme, Vera die Aufführung, wir waren im Schauspielerhaus in einem gemeinsamen Zimmer untergebracht. Ich erwachte von der ungewohnten Stille und sah sie nackt im Fenster stehen, sie wärmte ihren Rücken an kleinen, kraftlos hüpfenden Sonnenstrahlen, in der Hand hielt sie dampfenden Kaffee. Unsere Blicke trafen sich, ihr Schild war gesenkt, sie trug keine Brille, sie war nicht geschminkt, ihre Verletzlichkeit war anziehend wie die eines geschorenen Schafs, ich will nur ihr gefallen, dachte ich, alles andere ist leeres Blendwerk. Vera wohnt im Dezember nicht mehr hier, sagte Vera. Es war erst Juli.

Der Frédi László hat eine Neue, versuche ich es, die Tussi ist dreißig Jahre jünger und zwanzig Zentimeter größer als er. Aber ich sehe, ich habe die Gelegenheit verpasst. Vera dreht sich zur Wand.

Zurück an den Strand, Vera saß in ihrem Rollstuhl mit dem Gesicht zum Meer und ließ sich von der Sonne bescheinen.

Eine ägyptische Königin mit zwei treuen Dienerinnen an der Seite. Wir schoben sie an einen nahen Palmenbaum. Wird das nicht piksen, das war Márti, die sich ständig um die Torturen der Haut sorgt. Keine Bange, höchstens meine Beinbehaarung, sagte Vera, und Fifa wieherte. Sollen wir eine Runde wachsen, Verulein, fragte Fifa, ich habe ein paar Streifen dabei, und er zwinkerte theatralisch, *wenn du verstehst, was ich meine*. Am Abend, Fifulein, jetzt muss ich mich noch konzentrieren. Mit *der* Birne, sagte Fifa, Veras Oberkörper bebte tonlos, sie flehte mit erhobenen Händen um Gnade. Da hast du, sagte Fifa, sei mal ein bisschen stylish, und legte ihr das heruntergehandelte rote Gucci-Imitat in den Schoß. Vera jauchzte, sie fädelte die Träger der Tasche gleich auf ihren Arm. Sehe ich so gut aus?, fragte sie und zog eine verunglückte Grimasse, die ein Spitzmund werden sollte. Ein bisschen roter Lippenstift, Moment!, sagte ich, den bringe ich noch an. Ich kramte den Lippenstift aus meiner Tasche, beugte mich zu ihr und malte langsam, gemessen die blutleeren Lippen meiner Freundin nach. Aus ihrem Ausschnitt kam mir ein wenig Ammoniakgeruch entgegen. Jetzt bist du fertig, sagte ich zu ihr, obwohl ich mit dem Ergebnis noch lange nicht zufrieden war. Veras Mund, mit Lippenstift oder ohne; wenn ich meine Augen schloss, sah ich manchmal nur ihren Mund, einen großen, fleischigen, sich bewegenden Mund, einen mit der Zungenspitze angefeuchteten Mund, einen verächtlichen, süffisanten Mund. Einen von Veras vielen Mündern. *Die Angst vergrößert die Dinge ebenso wie die Freude.* Fifa hob Vera aus ihrem Rollstuhl, verdammte Axt, was hast du heute gefrühstückt, lehnte sie gegen den Stamm der Palme wie ein überdimensioniertes Paket, und wir banden sie flink mit dem Abschleppseil fest. Vera lachte kreischend, sie schnappte nun etwas freier nach Luft und warf ihr nicht mehr gefärbtes, stark ergrauendes rotes Haar zurück. Vom Meer her kam ein kleiner, warmer Wind. Stehend, wie die Bäume, sagte Vera, nicht wahr, Tanjuschka, fragte sie, zum Fenster hinausblickend. An dem Tag war der Himmel bedeckt, die ganze Zitadelle von dichtem Smog umhüllt.

Isst du das noch, fragte ich und zeigte auf den unberührten Spinat auf dem Nachttischchen, die erstarrte Oberfläche wie grüner Marmor.

Irgendwie hatte ich Hunger bekommen.

Torte

Sie sehen die Sendung schon von der Fahrstuhltür aus. Auf dem Fußabtreter ein Pappteller mit kleinen Herzchen, darauf ein Stück Torte, darauf ein Zwerg aus Marzipan und ein Klecks zusammengesackten Schaums. Aber das ist, sagt das Kind, seine Augen weiten sich, der Mund krümmt sich weinerlich, es ist schon fünf, aber man kann es immer noch nicht davon überzeugen, dass es sich nicht lohnt, sich über Kleinigkeiten und Kinkerlitzchen aufzuregen, Levi wollte die Schaufel nicht hergeben, was soll's, dann eben nicht, nimm dir eine andere, der ganze Sandkasten ist voll mit Schaufeln, aber das Kind schaut seine Mutter nur an, als wäre sie des Wahnsinns, sogar mit ein wenig Bedauern, dass sie nicht einmal so eine einfache Situation einschätzen kann, die Arme, die würde hier keinen einzigen Tag überstehen, denkt das Kind, sieht sie denn nicht, was hier los ist, man kann keine Minute nachlassen, die schlagen sofort zu, die warten doch nur darauf, dass die Aufmerksamkeit kurz nachlässt, schon haben sie sich den neuen Bagger geschnappt, den Eimer, das Fahrrad, egal was, sie spielen zu viert damit, nur ihn lassen sie nicht ran, sieht sie denn nicht, was das für eine Welt ist, und überhaupt, fällt ihm ein wenig erschrocken ein, wie ist sie dazu gekommen, überhaupt ein Kind haben zu wollen, wenn sie noch nicht mal so viel versteht, das hat es auch schon mehrfach gefragt, wie es dazu kommen konnte, aber es gab immer nur irgendwelche nebulösen Antworten, das Sämlein pflanzen und hegen, woraus es den Schluss zog, hoppala, neulich hat es doch auch geholfen, etwas in den Balkonkasten zu setzen, was soll man jetzt davon halten.

Das ist meine Torte, das Kind zeigt auf das matschige Tortenstück, ein Indizienbeweis in einem Ritualmord, seine Lippen zittern. Wie um den Worten Nachdruck zu verleihen, schließt sich die Fahrstuhltür hinter ihnen mit einem lauten Knall. Die Mutter schweigt. Das Kind sieht es richtig. Das da ist tatsächlich seine Geburtstagstorte. Die es, nachdem es vergebens bei Tante Anci geklingelt hatte, vor der Tür der Nachbarin abgestellt hatte, in Begleitung einer selbstangefertigten Zeichnung. Die Zeichnung fehlt, das Tortenstück duckmäusert allein auf dem Pappteller vor sich hin. Noch nicht einmal der Marzipanzwerg kann dem Anblick etwas Glanz verleihen, er macht alles nur noch schwerer. Die Torte ist zurückgekommen, sagt das Kind und schaut seine Mutter vorwurfsvoll an, als könnte sie etwas dafür. Tante Anci hat meine Torte zurückgeschickt. In seiner Stimme eine brodelnde Mischung aus Verwunderung, Beleidigtsein und Traurigkeit. Es schaut wieder seine Mutter an und wartet darauf, dass diese, wie immer, mit einer Erklärung aufwartet. Dass sie etwas sagt, das die ganze Sache in ein anderes Licht rückt, zum Beispiel, dass es ein altbekannter Volksbrauch sei, dass man das vor die Tür des Nachbarn gelegte Tortenstück zurückschickt, das muss man dreimal wiederholen, bis der, dem die Torte angeboten wurde, diese annimmt, um damit gleichsam seine guten Wünsche für viele kommende schöne Geburtstage und Geburtstagstorten zu unterstreichen. Oder dass man die Torte beim Putzen des Treppenhauses aus Versehen auf ihren Fußabtreter gestellt hat. Oder dass es ein leichtes Erdbeben gegeben hat, so dass der Flur jetzt ein wenig abschüssig ist und das Tortenstück zu ihnen zurückgerutscht ist. Es schaut zu seiner Mutter hoch, komm schon, du kannst das. Eine kurze

Pause, dann sagt die Mutter, ja, es sieht so aus, sie hat sie zurückgeschickt. Sie schaut ratlos das vor ihrer Tür kauernde Tortenstück an. Vielleicht darf sie nichts Süßes essen, versucht sie es endlich, aber sie spürt sofort, dass es besser gewesen wäre, wenn sie gar nichts gesagt hätte. Das Kind bittet sich das sofort aus, fängt zu weinen an. Die Mutter holt ihre Schlüssel hervor, öffnet die Tür, bückt sich, hebt den Pappteller vom Fußabtreter hoch. Komm, wir bringen es rein, der Zwerg friert schon. Das Kind steht trotzig im kalten Hausflur. Ich gehe nicht. Die Mutter will gerade wieder etwas sagen, als die Tür bei der Nachbarin aufgeht und Tante Anci in voller Kampfausrüstung erscheint. Windjacke, Mütze, Schal, Schnürstiefel und über die Schulter geworfen der Beutel mit den Schwimmsachen, Tante Anci ist jenseits der achtzig und geht jeden Tag zum Schwimmen mit ihren sehr viel jüngeren Freundinnen. Draußen ist es kalt, früher März, von der Donau her weht ein kräftiger Wind, aber die Sonne scheint. Der erste schöne Sonntag im März.

Servus, Grashüpfer!, sagt sie zu dem im Hausflur herumstehenden Kind, woraufhin auch die Mutter wieder aus der Wohnung kommt, den Pappteller immer noch in der Hand. Tante Anci spricht das Kind immer so an, und das Kind grinst dann immer. Diesmal nicht. Eine schöne Zeichnung hast du da gemacht, sie hängt auch schon am Kühlschrank. In ihren stahlgrauen Augen ein kleines Lächeln, das nur der Anblick des Kindes hervorrufen kann. Sie wurstelt am Türschloss herum, richtet sich auf, bemerkt die Torte in der Hand der Mutter. In ihrem Blick nimmt wieder das Grau der Sachlichkeit seinen angestammten Platz ein. Essen nehme ich von niemandem an. Kind und Mutter schauen sie ermutigend an. Dann wird es Tante Anci eben diesmal tun. Ich hab's mir nach dem Lager vorgenommen, sagt sie, niemals, von niemandem. Sie öffnet die Fahrstuhltür, komm mal rüber, Grashüpfer, dann gebe ich dir was, dann betritt sie den Fahrstuhl und fährt nach unten. Das Kind starrt dorthin, wo sie eben noch gestanden hat, und schaut dann prüfend ins Gesicht seiner Mutter. Sie soll es endlich sagen, damit es reingehen, sich ausziehen und sich *Tom und Jerry* anschauen kann. In der Stille, die sich eingestellt hat, wird endlich auch die logische Frage gestellt. Die Mutter schaut nur auf das pappige Tortenstück mit dem grünen Marzipanzwerg. Die Mütze des Zwergs ist rot. Die Torte schmeckt gut. Haben Sie einen Hut zu verkaufen? Vater ist Ingenieur, Mutter Sachbearbeiterin. Mr. und Mrs. Smith fahren mit dem Zug. Wie entsteht die Ordnung einer Sprache, wie ist ihre Tiefenstruktur, ihr Atem, was für Schichten, was für Worte legen sich übereinander, in was für einer Reihenfolge. Was lohnt es sich zuerst zu lernen, was hat auch später noch Zeit. Bitte, wo geht es zur Hauptpost? Salzen Sie auch blind? *Möglichkeiten, das Geschehene im Zusammenhang mit dem Gegenstand abzubilden.* Sie konnte sich nicht mehr entsinnen, worum es dabei ging, es muss ein linguistischer Artikel gewesen sein, sie erinnerte sich nur noch an den Titel. Na komm, lass uns reingehen, sagte sie schließlich zum Kind. Was willst du dir ansehen? *Tom und Jerry* oder *Adolar*? Den Pappteller in der Hand, blieb sie neben dem Küchenmülleimer mit Pedal stehen und warf nach einem Augenblick des Zögerns die Torte hinein. Egal, sagte das Kind, Hauptsache, schön lang.

Die Voyager-Goldplatte

Zum Othon Palace, bitte, sagte Lojzi zum Taxifahrer. Er wartete seit Wochen darauf, das aussprechen zu können. Sätze, auf die wir ausdauernd und oft vergebens warten. »Jawohl, Majestät.« »Einspruch, Euer Ehren!« »Dank schulde ich meinen Eltern sowie dem unerbittlichen Pedell meiner Schule.« »Ich liebe dich.« Nun war einer dieser Sätze hier und er sprach ihn aus; er entschlüpfte ihm wie ein kleiner, tropischer Fisch. Wie ein Regenbogenguppy oder ein Zitronenlachs. Diese fremde Stadt hatte ein Hotel mit dem Namen Othon. Sowas aber auch. Mit sieben Jahren kam er aus dem Staunen gar nicht mehr heraus, damals schrieb er nämlich das ungarische Wort für Zuhause, *otthon*, auch noch mit einem t. Wochenlang wohnten sie in diesem Hotel am nördlichen Ende der Copacabana, in Leme, bis sie eine Wohnung fanden; der Othon Palace war so lange ihr *otthon*, ihr Zuhause.

Wenn er aus dem Hotelfenster blickte, sah er auf der anderen Seite der damals nur zweispurigen Avenida Atlântica den massiv wogenden Block des Ozeans. In den ersten Tagen konnte er wegen des Getöses nicht einschlafen, er sprang ständig aus dem Bett, damit er sich auch in der Nacht dieses ewig arbeitende Monstrum anschauen konnte. Wenn die Wellen größer waren, kamen sie mit einem furchterregenden Getöse auf den Felsen auf und zerliefen auf dem Sand. Sein Herz schlug schnell. Das Wasser breitete sich manchmal bis zur Mitte des sandigen Ufers aus, als wollte es bis zur Straße hinaufgelangen, das machte ihm Angst. Ein anderes Mal zog es sich würdevoll zurück, wie ein taktierender Heerführer, aber auch da schlugen seine Wellen mit voller Kraft aus, als wollte es zeigen, dass es nichts von ihr verloren hatte und auch sein Rückzug nur von vorübergehender Natur war. Dabei sah man, mit was für einer Kraft das Wasser hinauszog, kleinere, größere Gräben in den Sand des Ufers ziehend. Sein Vater sprach beruhigend auf ihn ein, ganz ruhig, das nennt man Gezeiten, oder Ebbe und Flut, ausgelöst durch die Anziehungskraft von Sonne und Mond. Lojzi ließ es ihn immer und immer wiederholen. Papa, erkläre die Zeiten des Meers! Der Vater suchte nach Hilfsmitteln, damit Lojzi besser begreifen konnte, worum es sich handelte. Der Schirm der Standleuchte war die Sonne, Mond und Erde waren ein gepunkteter Gummiball und ein hart gekochtes Ei. Lojzi ließ es seinen Vater immer und immer wieder vorspielen. Mit roten Wangen sah er dem Kunststück des Vaters zu, der wie ein Magier den Ball und das Ei um die Standleuchte herum bewegte. Am dritten Tag beschloss Lojzi, Astronom zu werden und Punkt. Er teilte das auch gleich seinem Vater mit, der seinerseits Ingenieur für Wasserwesen war und sich skeptisch am Kopf kratzte. Dazu braucht man weniger Fußball und mehr Sitzfleisch, mein Junge. Das ist nur was für jemanden, der das durchsteht. Hast du so viel in dir?, fragte er. Er kannte die Antwort, die wie aus der Pistole geschossen kam, im Voraus: und wie!

Er kannte seinen Sohn, er wusste, dass er wirklich genug in sich hatte. Jedenfalls sah es so aus, als würde er genug in sich haben.

Eine Woche später konnte sich Lojzi gar nicht mehr vorstellen, wie man ohne Meeresrauschen einschlafen konnte. Das unausgesetzte Murmeln wiegte ihn in den Schlaf, als wäre er geradewegs in den molligen Bauch seiner Mutter zurückgeschlüpft. Als sie acht Jahre später nach Hause zurückzogen, bekam er schwere Schlafstörungen, ging mit Ringen unter den Augen in die Schule, war immer schläfrig und erschöpft, unfähig, sich auf den Unterricht zu konzentrieren. Seine Noten verschlechterten sich, dabei kam das Abitur immer näher. Man ging mit ihm von einem Arzt zum nächsten, von einem Psychologen zum nächsten. Eine ältere, erfahrene Psychiaterin sagte schließlich: das Kind ist nicht krank. Ihm fehlt das Meer. Ziehen Sie wieder zurück ans Meer oder warten Sie, bis er sich an seine Abwesenheit gewöhnt hat. Es dauerte ein Jahr, bis seine Entzugserscheinungen so weit zurückgegangen waren, dass er nachts einschlafen konnte. Zwei Jahre später fing er in Pest ein Physikstudium an; er wollte Astronom werden.

Im Hotel angekommen, rief er Cíntia an. Cíntia hatte honigblondes, langes Haar, braune Haut und große, grüne Augen mit glänzenden, orangefarbenen Pünktchen in der Iris. Sie gingen ab der Siebten in eine Klasse, nachdem Cíntias Familie aus Südbrasilien nach Rio gezogen war. Eine Familie deutscher Herkunft, die Großeltern waren noch vor dem Krieg nach Porto Alegre gezogen, wo der Großvater eine gut laufende Apotheke betrieb, die stadtweit bekannte Duemichen Apotheke. Auf manchen Produkten stand der Name sogar als Marke: Duemichen Hustenpastillen, Duemichen Schüttelmixtur und solche Sachen. Cíntia zeigte ihm einmal einige schöne alte Phiolen aus grünem und blauem Glas, auf denen noch die alten Aufkleber prangten. Auch Cíntias Vater war Apotheker; ein Freund aus Kindertagen lockte ihn nach Rio, damit sie dort gemeinsam eine Apotheke eröffneten. Porto Alegre ist ein fröhlicher Ort, aber Rio ist doch Rio. Cíntia Duemichen.
 Lojzi?? Das glaub ich nicht...
 Ich hab doch gesagt, dass ich zurückkomme und dich hei-

rate, oder? (Das war auch so ein Satz.) Er sprach mit tiefer Stimme, wie in einem Western, Cíntia lachte auf.

Dafür ist's zu spät, Teuerster.

Ich weiß. Aber ich bin hier.

Als Lojzi nach Ungarn zurückgebracht wurde, fingen Cíntia und er einen wilden, leidenschaftlichen Briefwechsel an. Schoben Fotos, kleine Erinnerungsstücke, Haarlocken und Gedichte in die Umschläge. Sie beteuerten, versprachen, schworen Stein und Bein, wie das nur Teenager können. Dann kamen die Briefe immer seltener, sie schrieben nur noch zu besonderen Anlässen, Diplom, Hochzeit, Kindsgeburten, belegten die voneinander getrennt verbrachte, vergehende Zeit mit Fotos. Lojzi hätte selbst nie gedacht, dass er sein Wort halten und in die Stadt zurückkehren würde, die wie Götterspeise am Rande seiner Erinnerung zitterte. Die Möglichkeiten zur Rückkehr waren abgeschnitten, mal durch die Politik, mal durch Materielles. Er bekam eine Frau, zwei Kinder, ein Haus mit Garten, einen Hund, einen Hamster, eine Schildkröte, ein Aquarium. Er gelangte zu internationaler Bekanntheit, wie er es seinem Vater versprochen hatte, aber er verdiente nicht genug, um auch seine Frau an den fernen Schauplatz seiner Kindheit mitbringen zu können. Hier hätte Magdi vielleicht verstanden, wieso ihr Mann sich so verbissen ans Meer klammerte, während es sie, das Mädchen aus der Großen Tiefebene, eher in die Berge zog. Lojzi war unerbittlich: mindestens einmal im Jahr brauchte er das Meer wie eine Bluttransfusion. Wie einen Schuss Narkotikum.

Cíntia schrieb eine E-Mail, wenn er genug vom Hotel hätte, solle er den Rest der Woche bei ihnen verbringen, in ihrem Haus in der Barra da Tijuca, wo sie mit ihrem Mann, ihren drei Söhnen und ihrer jüngeren Schwester Vilma wohnte. Vilma war ein kleines, zerbrechliches Mädchen mit großen blauen Augen unter braunen Locken, sie war geistig behindert und starrte erstaunt in die für sie schwer zu dechiffrierende Welt. Ihre Arme und Beine waren so dünn, dass man befürchten musste, sie würden beim kleinsten Zusammenstoß zerbrechen. Man schützte sie vor allem Bösen, immer lächelte sie, die Familie und alle Angestellten verwöhnten und vergötterten sie. Vilmilein hier, Vilmilein da, alle suchten ihre Gunst. Doch Vilmilein lächelte meist nur gleichgültig, höchstens ein wenig ermutigend. Sie war neun Jahre jünger als Cíntia und ihre Mutter gab sich selbst die Schuld an ihrem Zustand. Mit zweiundvierzig Jahren hätte sie kein Kind mehr bekommen sollen, quälte sich Ana. Doch sie und ihr Mann, Dr. Lutz Duemichen, hätten gerne auch noch einen Jungen gehabt, damit der Name der Apotheke erhalten blieb. Und so beschlossen sie, als Ana nach zwei Fehlgeburten wieder schwanger wurde, das Baby zu behalten. Der mentale Zustand des Kindes war dem Übertragen geschuldet, das wurde durch alle Untersuchungen zweifelsfrei belegt. Dennoch wurde Dona Ana von ständigen Gewissensbissen geplagt und an schlechten Tagen schrie sie jeden kopflos an, ihren Mann, die Angestellten, manchmal fielen auch für Cíntia ein, zwei Ohrfeigen ab. Cíntia ertrug ihre Ausbrüche nur schwer, sie sprach tagelang nicht mit der Mutter, nur Lojzi konnte sie trösten und sie miteinander aussöhnen. Lojzi war auch in der Lage, sich stundenlang mit Vilmilein zu unterhalten, wenn man die einzelnen, schwer hervorgebrachten Wörter, Grimassen und zögernden Gesten als Unterhaltung bezeichnen konnte. Lojzi brachte ihr sogar einige ungarische Wörter bei: *kutya, jó, nem jó, cica, baba,* Hund, gut, nicht gut, Kätzchen, Baby. Vilmilein vergötterte Lojzi und sobald sie hörte, dass er zu Besuch kam, stellte sie sich mit ihrem Liebling, einer sie um einen halben Kopf überragenden dänischen Dogge namens Bruno, schon Stunden vorher ans Gartentor der Villa, um gemeinsam zu schauen, ob Lojzi schon kam. Vilmilein und Bruno waren unzertrennlich, wie zwei zusammengewachsene Bananen.

Sein Vortrag über mögliche Zeichen für extraterrestrisches Leben war ein schöner Erfolg. Die echte Sensation war aber die neue Messmethode, die er zusammen mit einem US-amerikanischen Astronomen entwickelt hatte und die sie hier zum ersten Mal vorstellten. Die nach der Richter-Skala Rio-Skala genannte Methode diente dazu, die Relevanz neuer Daten einzuschätzen. Seine Wissenschaftlerkollegen definierten die Wahrnehmung von extraterrestrischer Intelligenz als ein Ereignis mit weitreichenden Konsequenzen, jedoch von geringer Wahrscheinlichkeit. Die Skala diente dazu, die Medien davon abzuhalten, die gesammelten Daten für Sensationsmeldungen zu missbrauchen, stattdessen sollte eine unabhängige Expertengruppe die Aufgabe erhalten, die Bedeutung einer jeden Entdeckung und aller Daten einzuschätzen. Nachdem der Vorschlag so eine Furore gemacht hatte, trank Lojzi beim Abschlussempfang mit der von ihm gewohnten Gründlichkeit. Er starrte in sein Cocktailglas, als würde er hoffen, dort den zum Sternennebel gewordenen Planeten seiner Kindheit wiederzufinden. Als geheimer Fremder hatte er zu Hause die Verhaltenscodes erlernt, aber nur wie ein Replikant, den man sorgfältig programmiert hatte. Er konnte sich noch nicht einmal seiner Erinnerungen sicher sein, denn vielleicht wurden selbst diese nur eingesetzt wie ein diskreter Chip. Man hatte ihn mit Briefen versorgt, mit Fotos, mit Glücksgeld und schmeichelnden Meereskieseln. Damit er, falls man ihn erwischte, mit Sachbeweisen dienen konnte. Er selbst war auch eine Erscheinungsform außerirdischer Intelligenz, der man die unlösbare Aufgabe einprogrammiert hatte, nach sich selbst zu fahnden. Morgens, wenn er in den Spiegel sah, zog der Schatten des Zweifels über sein Gesicht. Er nahm eine neue Dosis vom Tablett der Servicekraft und gab sein leeres Glas zurück. Der Alkohol wenigstens war echt.

Nach dem Aufwachen, nach dem im Nebel untergegangenen Vorabend, kostete es ihn nicht wenig Zeit, bis er wie in einen umgestülpten Mantelärmel wieder in den Morgen zurückfand. Der Geschmack der eiskalten Papaya vom Frühstücksbuffet nüchterte ihn mit einem Schlag wieder aus. *Mamão.* Der hiesige Name der Frucht wirkte wie ein kühler Umschlag für seine pochenden Kopfschmerzen. Er ließ die in Würfel geschnittenen Obststücke langsam, einzeln auf der Zunge zergehen. Er saß mindestens anderthalb Stunden am Frühstückstisch. Es schien ihm, als würde das Meer viel kräftigere Wellen schlagen, als er es in Erinnerung hatte. Vom sandigen Halbmond hatte man ein beträchtliches Stück abgezwackt, die Uferstraße wurde von zwei auf sechs Spuren erweitert. Deswegen donnerten die Wellen selbst jetzt, zur Ebbe, unheilverkündend, die Touristen trauten sich nicht wirklich hinein, sie ließen lieber nur ihre Knöchel von den herauslaufenden Wellen umspülen. Ihm fiel der sowjetische Botschaftssekretär ein, der ertrank, als er über die Brandung hinausschwamm. Man hatte ihn vergebens gewarnt, dass das Wasser zur Ebbe einen so starken Sog entwickelt, dass es keinen noch so guten Schwimmer geben konnte, der es zurück ans Ufer schaffte. Der Russe lachte nachgiebig und sagte, er sei ein Champion gewesen, ein Schampjon, und warf sich in die Wellen. Sein Champion-Körper wurde nie gefunden.

Bevor er auscheckte, rief Lojzi von der Rezeption aus Cíntia an; er mache sich jetzt auf den Weg. Er bestellte ein Taxi, nahm seinen Konferenz-Rollkoffer und stellte sich vor das

Hoteltor, in die Palmenallee. Seine Gastgeschenke waren eine Minimalkür aus Hungarika. Für Doktor Duemichen hatte er koscheren Pflaumenschnaps dabei, für Dona Ana eine bestickte Tischdecke mit Kalotaszeger Motiven, dazu rotes Paprikapulver, für Cíntia selbstgebrannte CDs mit seiner Lieblingsmusik von ungarischen Rockbands sowie ein schwarzes T-Shirt. Die jüngere seiner Töchter hatte mit einem bunten Textilstift einen Tapir darauf gezeichnet. Cíntia hatte natürlich immer einfallsreiche, persönliche Geschenke, dachte Lojzi. Neben all ihren strahlenden Eigenschaften beneidete er sie auch um dieses Talent.

Für Vilma hatte er allerdings ein besonderes Geschenk in petto. Eine Halskette, deren goldener Anhänger eine Kopie der goldenen Voyager-Schallplatte war. Das war die Schallplatte, von der die Raumsonden Voyager I und II je ein Exemplar an Bord hatten. Auf der Platte hatte man Bilder und Töne gespeichert, in der Hoffnung, durch sie intelligenten außerirdischen Wesen Informationen über das Leben auf der Erde zukommen lassen zu können. Auf die Hülle der Goldplatte hatte man geheimnisvoll anmutende Abbildungen geritzt, die Anweisungen zur Benutzung und Interpretation der Platte beinhalteten. Sie waren wie die Nazca-Linien aus der Vogelperspektive. Die Plattenhülle konnte man in jedem größeren Space-Museumsshop kaufen, aus verschiedensten Materialien und in verschiedensten Größen. Es gab Schlüsselanhänger, Schmuck, Teller, Mousepads, Poster, Becher, Kühlschrankmagnete, die übliche Auswahl, Lojzi konnte sich erinnern, dass Vilmilein glänzende, schöne Dinge mochte. Irgendwie würde er schon erklären, was es hiermit auf sich hatte. Sie würden sich unterhalten, wie früher.

Das Taxi brauste über die Uferstraße, ließ die Copacabana hinter sich, dann Ipanema, dann Joa, sie legten fünfundzwanzig bis dreißig Kilometer zurück, bis sie schließlich das Barra-Viertel erreichten. Damals hatten hier nur relativ wenige gewohnt, mittlerweile war es zu einer populären, modischen Gegend geworden. Die Favelas, die es damals nur fleckenweise hier und da gab, bedeckten nun dicht die Hügel über dem Uferstreifen, als hätte ein böser Zauberer mit einem Schwung seines Zauberstabs den Dschungel in einen Blechwald verwandelt. Cíntias Eltern lebten in Leblon, in einer altehrwürdigen Villa im Kolonialstil, doch als Cíntia Carlos, den rührigen Anlageberater heiratete, zogen sie in ein großes Haus mit Garten in einer geschützten Wohnanlage in der Barra da Tijuca um. Lojzi konnte sich nicht einmal vorstellen, was Cíntia an so einem Typen fand. Von den Fotos sah ihm ein gut gekleideter, eingebildeter Fatzke entgegen; Cíntia vergötterte ihn.

In die Wohnanlage kam man nur nach dem Passieren einer Schranke, der Mann, der sie bediente, saß in einer kleinen Holzkabine. Vor dem Taxi stand ein gefährlich heruntergekommener VW-Käfer in der Reihe, ließ den Auspuff knallen, das bauchige Geräusch seines Motors hätte Lojzi unter Tausenden erkannt; auch sein erstes Auto war ein uralter Käfer gewesen, er nannte es *Buckelchen*. Ausgeschlossen, dachte er, dass der auch in die Anlage will, noch nicht mal ein Monteur kommt in so einer heruntergewirtschafteten Blechkiste. Der Mann an der Schranke ließ den VW ohne Probleme durch, woraufhin Lojzi sich nach vorne lehnte und den Fahrer fragte, was er denke, ob auch die hierherwollten. Natürlich nicht, sie wohnen in der Favela auf dem Hügel, sie haben Wegerecht, sagte der Fahrer, als wäre so etwas evident. Lojzi sprach zaghaft den Gesichtspunkt der Sicherheit an, woraufhin ihm der Taxifahrer etwas konsterniert mitteilte, niemand ginge in sein *eigenes* Stadtviertel zum Klauen, wenn irgendwas passiert, sind sie sowieso die Ersten, die herangenommen werden, *so viel* Verstand haben die schon, sagte er und sah in den Rückspiegel, um zu sehen, ob sein Passagier wohl auch so viel hatte.

Das Taxi hielt vor der angegebenen Hausnummer, Lojzi schaute aus dem Autofenster. Eine grobschlächtige, adipöse Frau mit krausem Haar stand im Tor, mit einem kleinen, drahthaarigen Foxterrier zu ihren Füßen. Lojzi sah sie verstört an. Als er bezahlt hatte und ausgestiegen war, stand auch Cíntia schon am Tor. Im Gesicht der schönen, reifen Frau erschien plötzlich, wie eine Projektion, ihr vierzehnjähriges Gesicht. Lojzi sah beide gleichzeitig, wie in einer Doppelbelichtung. Sie umarmten einander. Lojzi streichelte über ihr von honigblond zu braun gedunkeltes Haar, sie trug es sportlich kurz geschnitten, es stand ihr. Du bist grau geworden von diesem Europa, sagte Cíntia lachend. Dann wandte sie sich zu der lächelnden, grobschlächtigen Frau und dann wieder fragend zu Lojzi. Erkennst du sie? Lojzi betrachtete die unförmige Frau genauer und auf einmal erschien auch im Gesicht dieser fremden Frau, wie auf dem Tuch der Veronika, ein blasses Geisterbild. Vilma. Vilmilein. Lojzi öffnete die Arme und drückte die um einen Kopf kleinere Frau an seine Brust. Eine Weile standen sie so da im dunstigen Nachmittag. Dann beugte sich Lojzi hinunter und drückte ihr zwei große Knutscher auf die Wangen. Er bemerkte, dass in Vilmileins Gesicht hier und da dunkle Haare gewachsen waren. Sie strahlte ihn an, er strahlte zurück. Als sie das Haus betraten, ging Vilma sofort auf die Toilette. Cíntia meinte, sie habe schon seit Stunden im Tor gestanden mit dem Hund, der der alten dänischen Dogge der Familie, Vilmileins geliebtem Bruno, in nichts ähnlich war. Sie redet praktisch nicht mehr, sagte Cíntia, ihre Kommunikationsfähigkeit hat sehr nachgelassen. Früher konnte sie, wie du dich sicher erinnern kannst, noch kurze Hauptsätze sagen und auf

Dinge reagieren, aber heute hat sie sich ganz in ihre geschlossene Welt zurückgezogen. Als sie den Namen Lojzi hörte, schien aber die Tür einen kleinen Spalt aufzugehen und etwas Licht hineinzufallen.

In der Zwischenzeit waren Cíntias Söhne aus der Schule gekommen, erst die beiden älteren, Roberto und Claudio, kräftige Jungen mit dunkler Haut und schwarzem Haar. Dann der jüngste, Lucas – nach Cíntias Großvater –, der genauso honigblond war wie Cíntia in seinem Alter. Anders als seine sonnengebräunte Mutter hatte der Junge aber schneeweiße Haut; er hatte noch Babyspeck. Lojzi schätzte ihn auf zehn bis zwölf Jahre. Carlos war, wie er erfahren durfte, gerade auf Geschäftsreise in Argentinien, oh, wie schade, sagte Lojzi und freute sich insgeheim. Cíntia verteilte wie ein erfahrener Schiffskapitän flinke Anweisungen an ihre Kinder, Lojzi staunte nicht schlecht, was für eine resolute Mutter dreier Kinder aus seiner verträumten Teenagerliebe geworden war. Sie wollte Psychologin werden, aber als sie Carlos heiratete, gab sie das Studium auf und gebar ein Kind nach dem anderen. Nun gab sie zu Hause Deutschstunden, solange die Kinder in der Schule waren. Nicht, dass sie finanziell darauf angewiesen wären, aber sie brauchte etwas, das ihre Tage *strukturierte* und ihren Geist *rege hielt*. Die kluge Cíntia Duemichen. In dem Jahr, als Lojzi nach Budapest zurückzog, war Cíntia Jahrgangsbeste im Gymnasium, während er, mit beträchtlichem Abstand, nur Dritter wurde. Cíntia fuhr ihren Sieg mit triumphierendem Gesichtsausdruck ein. Als Lojzi Jahre später seinen ersten internationalen Physikwettbewerb gewann, schrieb er stolz an Cíntia, dass er sie nun endlich eingeholt habe. *Catch me if you can!*, kritzelte Cíntia auf die Rückseite des Fotos, das sie als Antwort schickte. Sie stand auf einem Surfbrett auf einer riesigen Welle.

Es war schon um vier am Nachmittag, bis sie endlich zu Mittag gegessen hatten. Die Kinder zogen sich in ihre Zimmer zurück, in dem geräumigen Haus hatte jeder ein Zimmer für sich. Auch das Personal zog sich zurück, nur Cíntia, Vilma und Lojzi saßen noch in dem weitläufigen, mit Pflanzen und Vogelkäfigen reich bestückten, sonnigen Wohnzimmer. In den Käfigen hockten riesige, bunte Aras, kreischten manchmal, zwei großen Kakadus Konkurrenz machend, auf. Max und Moritz, zeigte Cíntia auf die Kakadus. Lojzi grinste und sah zu Vilma, was sie zu alldem sagte. Vilma sah unerschütterlich lächelnd zu ihm zurück und gab kein weiteres Lebenszeichen, abgesehen von den dicken Schweißtropfen, die ihr von der Stirn über den Hals und schließlich ins Dekolleté rannen, zwischen ihre riesigen Brüste. Auf ihrem ärmellosen karierten Kleid dunkelten unter den Achseln riesige Schweißflecken. Der kleine Terrier lag zu ihren Füßen, ließ in der großen Hitze die Zunge heraushängen. In der Stille, die sich eingestellt hatte, schien es, als hätte jemand das Zirpen der Zikaden plötzlich lauter gedreht.

Vilma, sagte Lojzi mit etwas belegter Stimme. Vielleicht hatte er sich im Flugzeug erkältet, vielleicht reagierte seine Allergie auf fremden Blütenstaub, Pollen oder unsichtbare transozeanische Krankheitserreger in der Luft. Sein Organismus hatte seine Immunität gegen sie verloren, er konnte keinen Widerstand mehr leisten, er war ein Fremdkörper. Mit einem Stofftaschentuch wischte er sich immer wieder den Schweiß von der Stirn – auch an die tropische Wärme war er nicht mehr gewöhnt, seine Poren weiteten sich erschrocken angesichts des plötzlichen Überfalls. Vilmilein, ich habe dir was mitgebracht. Er nahm eine hübsch verpackte kleine Schatulle aus seiner Tasche und schob sie über den Kaffeetisch zu Vilma hinüber. Die Löffelchen, die man neben die Tassen gelegt hatte, schlugen zart gegen das Porzellan. Wie alt mag sie heute sein, sann Lojzi nach. Fünfunddreißig, mehr nicht. Vilmas Speckfalten am Bauch formten eine karierte Reliefkarte auf ihrem Kleid. Die beiden Eckzähne standen etwas aus ihrem ewig lächelnden Mund heraus. Vilma rührte sich nicht. Vilmilein, sagte Cíntia fröhlich, du solltest das Geschenk aufmachen. Und sie beugte sich auch schon hin, um es statt ihrer zu tun. Was könnte da drin sein?, fragte Cíntia, um die Spannung zu erhöhen, aber ganz offensichtlich waren nur Lojzi und sie gespannt. Endlich hatte Cíntia die Box aus der Geschenkverpackung befreit und legte sie vor Vilma hin. Mach sie auf. Lojzi hat sie mitgebracht. Für dich. Vilma rührte sich nicht. Cíntia beugte sich wieder vor und ließ den Deckel der Schatulle aufschnappen. Vilmas pummelige Hände lagen wie zwei Babyrobben ineinander verschlungen in ihrem Schoß. Sie schien mit dem Weg, den die Ereignisse nahmen, zufrieden. Sie sah Lojzi ausdauernd an, mit dem durchdringenden Blick derer, die nicht anders kommunizieren können. Gleichzeitig war es überhaupt nicht sicher, ob sie das überhaupt wollte.

Cíntia hob die Kette langsam aus dem Seidenpapier heraus und ließ das mit sonderbaren Figuren vollgekratzte Medaillon vor Vilmas Gesicht baumeln. Ist doch schön, nicht? Aber was sind das für Zeichen da drauf, fragte Cíntia. Vilmilein, sagte Lojzi mit ruhiger, gleichmäßiger Stimme, das habe ich für dich mitgebracht. Vor vielen Jahren hat man zwei solche Platten ins All hinaufgebracht, damit sie vielleicht jemand findet. Hinauf, zu den Sternen. Da sind Töne und Bilder drauf. Sie zeigen, wie wir hier auf der Erde leben. Wenn sie jemand findet, dann heißt das, dass wir nicht allein auf der Welt sind, verstehst du? Vilmileins große, blaue Augen liefen plötzlich voller Tränen. Sie entriss Cíntia die Kette und nahm das Medaillon in die Hand. Sie schaute es nicht an, sie strich nur mit ihren dicken, stumpfen Fingern sanft über die eingeritzten Zeichen, als wäre sie blind. *Bruno,* sagte Vilma und heftete ihren Blick auf Lojzi. Das plötzlich herausgeplatzte Wort schlitzte das weiche Gewebe des Nachmittags auf. Bevor sie wieder in ihre Gleichgültigkeit zurücksank, fügte Vilma noch dazu: *yo kutiá.* Lojzi zog vorsichtig ihre Hand zu sich, die das Medaillon umfasste. *Igen,* sagte er jetzt auch auf Ungarisch, ja, und legte sein Gesicht in Vilmileins gepolsterte Hand. *Jó kutya.* Guter Hund.

Hauptsache, kein Moos

Ob er einen *spinello* mit ihm rauchen würde, fragt er und zeigt ihm, was er mit leicht zitternden Fingern da rollt, sein Gesicht wie ein zu häufig geschlagener Boxsack, der alles aushält, aber bei den Nähten hat er hier und da schon nachgelassen, das scheint ihn aber nicht zu stören, er ist sichtlich in seinem Element, oder zumindest hält er wild entschlossen auf das Erlebnis seines Lebens zu wie ein Lachs aufs offene Meer, instinktiv und jedem Hindernis trotzend, sein formlos ausgewachsenes Haar ist auch schon silbern geworden, sein sonnengegerbtes, fremdes Gesicht ist von charakteristischen schwarzen Flecken übersät, das offene Wasser kann nicht mehr weit sein, nicht der Mann, er selbst ist es, der erschrickt, man könnte ihm die bange Halbvergangenheit ansehen wie eine plötzlich ausbrechende Allergie oder eine spät bekommene und fatal sich entwickelnde Kinderkrankheit, der Mann spricht italienisch, selbstverständlich, quasi *evidentemente,* obwohl er bestimmt nichts davon weiß, dass laut K. ein Mensch über vierzig Italienisch zu können hat, und hier, bei dieser Séance ihrer gemeinsam heraufzubeschwörenden Angelegenheiten, zählen die wogenden Massen weit über fünfzig Lenze, auf die eine Hälfte des Stadions brezelt die Sonne herunter, die andere Seite liegt im Schatten, *fratello sole, sorella luna*, die ganze, mehrere Zehntausende zählende Truppe ist versammelt wie auf einem schwer zu organisierenden Klassentreffen, manche aus Neuseeland, manche aus Argentinien, manche nur aus dem benachbarten Österreich, wer bis jetzt ferngeblieben ist, fehlt bestimmt nicht mehr, Schweiz ist jetzt die Mitte der Welt, und innerhalb dessen »Züri«, wie die Eingeborenen mit spitzem Mund den Namen ihrer stolzen Stadt aussprechen, und die Bewohner anderer Ortschaften sagen ihnen, das kann man nicht leugnen, überweise nach, sie würden ihre Nasen hoch tragen und von dort, von der Züri-Höhe aus, auf andere herabschauen, als würden sie mindestens vom windgepeitschten Matterhorn herunterblicken, sogar auf Basel und Luzern, beklagen sie sich mit einem Gesicht wie Erstklässler, die ihre Murmeln beim Spiel verloren haben, Genf hält sich vielleicht noch als einzige und Lausanne, obwohl das vielleicht nur die dort Wohnenden denken, die elliptische Konstruktion des Stadions bricht fast zusammen unter der auf ihr lastenden erwartungsvollen Freude, Endorphine und Grasgeruch fliegen durch die Luft, alle sind fremd und doch beruhigend vertraut, man kennt sie respektive *kannte* sie von irgendwoher, von irgendwann, den, der in seiner aus den Tiefen des Schrankes hervorgekramten abgewetzten Motorradlederjacke herumstolziert, wenn er mit seinem ischiasgeplagten Kreuz noch so richtig stolzieren könnte –, den, dessen mittlerweile zu erstaunlichen Ausmaßen herangewachsener Bauch unten aus dem tausendfach gewaschenen 93er-Tournee-T-Shirt heraushängt –, den, der ein Selfie mit seiner Freundin macht, von ihren schlaff gewordenen Gesichtern, aber man sieht ihnen an, dass sie ihr altes, verlassenes, rebellisches Gesicht suchen –, die, die schon bei den ersten Takten die Augen schließt und langsam ihre von Kindsgeburten breit gewordenen Hüften im langen Rock zu wiegen beginnt, doch ein kurzes, unbewusst kokettes Wippen ihrer Schultern verrät plötzlich jenes unverschämt junge Girl, das sie einmal war –, den, dem offenbar eingefallen ist, dass er immer die Mädels aufgerissen *hatte*, plus quam perfekt, und nun nach jenem Gesichtsausdruck, nach jenen Gesten sucht oder wenigstens nach irgendeinem erträglichen Spruch, mit dem er in den entsprechenden Modus zurückschalten könnte, und während er sucht, schaut er sich hungrig um, auf wen er sich ohne größeres Fiasko stürzen könnte –, denjenigen, der mit seinen Kindern im jungen Teenageralter hier ist und zur Riesenleinwand zeigt und alles erklärt, wie ein enthusiastischer Naturwissenschaftslehrer das Sexualleben der Vögel und Bienen, *well I'm a king bee* –, den, der in Fransenlederjacke und spitzen Krokodilleder-Cowboystiefeln mit seiner Tussi eine Art Provinz-Rock-'n'-Roll tanzt, wie man es in besseren Scheunen in Arkansas tut –, die, deren verwunderte Teenie-Augen in ihrer Mutter plötzlich ihr jetziges Ich erkennen und die endlich etwas zu verstehen glaubt –, den, der plötzlich von zwei jungen Burschen um die Taille gefasst wird, damit sie über die Kluft zwischen den Generationen hinweg zusammen abfeiern können, in seinem müden Männerblick glimmt die Skepsis, ob diese bekifften Halbstarken sich nicht nur lustig über ihn machen, aber als er ihre ehrliche, reine Freude sieht, hebt er langsam den rechten Arm und boxt zweimal in die Luft, er hat die Bewegung noch in der Hand, und wie bei Klassentreffen versucht auch hier ein jeder sich so darzustellen, dass die anderen, die Zeugen seines Lebens, wie ein Bestätigungskomitee hoffentlich attestieren, dass er *er* ist, alter Junge, brüllen sie dann mit glücklichem Grinsen und schlagen einem auf den Rücken, schließlich war er mal der Anführer der Clique, und wem sind die Mädels hinterher gewesen, wenn nicht ihm, der Schrecken der Lehrer, ja, auch das war er, und natürlich war er der Erste, der eine 45er Stones-Single hatte, er streckt stolz die Brust raus und grinst mit falscher Bescheidenheit, solche Dinge stellt er sich jetzt vor, dabei hat er sich schon hundertmal vorgenommen, zu keinem Treffen mehr zu gehen, denn was ist neulich schon wieder gewesen, am Ende gingen er und sein Banknachbar aufeinander los, zwei alte Knacker mit Halbglatze, und die anderen schauten nur zu, so was gibt's doch nicht, bass erstaunt waren sie, die haben sie doch nicht mehr alle, aber dabei grinsten sie und freuten sich, dass *endlich mal was passiert*, und natürlich, das fällt ihm jetzt ein, als gerade *Sweet Lady Jane* losgeht, der Mick brüllt vielleicht herum und reißt Mädels auf und nimmt Drogen, aber wenigstens wählt er hundertpro keine Nazis, und Ronnie genauso wenig, und Keith schon gar nicht, mit denen gibt es kein Theater, mit denen muss man mitsingen, und es grölen auch alle mit, wie es sich gehört, who wants yesterday's paper, Ronnie hat heute im Übrigen gerade Geburtstag, Mick, couleur locale, überreicht ihm eine Schweizer Zenith-Armbanduhr, *El primero chronomaster 1969,* das Markenzeichen ist mit drauf, der rote Mund mit der blutroten Zunge, happy birthday, Ronnie, sagt Mick freundschaftlich, ja, kann man so einem Typen böse sein, voll süß, wie er mit seinen siebzig Jahren über die Bühne hopst, als hätte er noch Milchzähne, sagt der etwa was gegen Zigeuner oder manmüsstesieindieDonauschießen, nein, so was sagt der verdammtnochmal nicht, was würde er sagen, wenn er wüsste, was hier vor sich geht *(Was zur Hölle aber auch?!),* man müsste es ihm sagen, hey, Mick, kannst du das fassen, dass mein Banknachbar, dem ich jeden Tag, verstehst du, jeden gottverdammten Tag die Hälfte meines Pausenbrots abgegeben habe, weil er nie was mithatte, dass der jetzt auf dem vierzigjährigen Klassentreffen meine jüdische Hurenmutter beschimpft, na, und was hast du mit ihm gemacht, würde Mick fragen, ich hab ihn am Schlafittchen gepackt und ihm dermaßen eins in die Fresse gehaun, dass er ohnmächtig in die den Höhepunkt des Fünfgängemenüs bildenden Buchteln mit Vanillesoße fiel, auf rollenden Steinen wächst

kein Moos, so ist es, bloß kein Moos, und dann würde Mick nicken und grinsen wie ein stolzer Vater, dessen kleiner Sohn gerade gelernt hat, auf zwei Rädern davonzubrausen, und er würde mit seinem ovalen, fleischigen Mund noch hinzufügen
  fuck 'em,
  fuck 'em all,
  aber natürlich hat er ihn nicht am Schlafittchen gepackt und hat ihm keine reingehauen, er hat sich nur vorgestellt, was für ein Gefühl das gewesen wäre, Geschrei hat es gegeben und angeschwollene Halsadern und kalten Schweiß in der Nacht und Magenkrämpfe, das ist aber nicht gerade viel, mein Junge, das ist sozusagen nichts, dafür würde dir Mick nicht *but you can't always get what you want* singen, denkt er, das sollen sie auf meinem Begräbnis spielen.

Victoria's Secret

Als sie zu sich kam, hörte sie, dass ihre Bettnachbarin am Handy war. Ihre Tonlage ließ keinen Zweifel daran, dass sie, wenn sie es nicht schon längst wäre, vermutlich jetzt zusammenbrechen würde. Dann stellte sich heraus, dass das, wovon sie dachte, es sei ein Monolog, in Wahrheit ein Dialog war und dass nicht die Bettnachbarin, sondern die Person, die sich ans andere Ende der Leitung klammerte, Hilfe benötigte.

Pass auf, ich sag doch, du musst in der unteren Schublade der Kommode suchen, links, da hat Beni seine Sportsachen. Was soll das heißen, da ist nichts, das ist unmöglich. Selbst wenn seine Sporthose in der Wäsche wäre, müsste es da mindestens noch eine weitere geben. So eine rote, mit einem weißen Streifen an der Seite ... Dann sag Beni, er soll nicht herumschreien, es wird schon nichts passieren, wenn er nicht die Standardsachen anhat, Frau Anikó wird ihm schon nicht den Kopf abreißen ... Nein, neulich hat sie ihn angeschrien, weil er so lange auf dem Flur rumgehopst ist, bis er Tódor gegen die Wand geschubst hat und der eine Platzwunde an der Stirn bekommen hat ... Natürlich hätte sie das Kind trotzdem nicht anschreien dürfen, aber Beni könnte ja mal versuchen, sich normal zu verhalten, dann bekommt vielleicht auch die Frau Anikó nicht alle zwei Monate einen Nervenzusammenbruch ... Dann schaut im Wäschekorb nach, und wenn sie da auch nicht ist, soll er in anderen Shorts turnen oder in Jeans ... Seine Hosen sind im Kinderzimmer, im zweiten Regalfach im Schrank ... Nein, Kolos' Sachen sind in den oberen

Schubladen der Kinderzimmerkommode. Wieso hat Kolos erbrochen, wovon hat er erbrochen, ich hoffe, du hast ihm kein Erdnussbutterbrot als Pausenbrot mitgegeben, du weißt doch, dass er gegen Erdnüsse allergisch ist, die kann nur Beni essen. Na, dann sage ich's dir jetzt, dass er eine Allergie hat. Ja, obwohl sonst keiner in der Familie eine Allergie hat, nur der Kolos ... Nein, das bildet er sich nicht nur ein, das ist eine Allergie, das ist Chemie, Biologie, weißt du. Na, wenn er weint, gib ihn mir bitte, ich rede ein bisschen mit ihm ...

Nachdem sie das Gespräch beendet hatte, drückte sie erschöpft auf den Auflegeknopf und ließ sich ins Kissen zurückfallen. Für einen Moment schloss sie die Augen, dann sah sie über den Nachttisch, der ihrer beider Betten voneinander trennte, zu ihr hinüber. Dabei bin ich erst heute reingekommen, sagte sie, sie wollen mich drei Tage hierbehalten. Sie war in ihren Dreißigern, eine Frau mit rundem Gesicht. Haben Sie zwei, fragte sie sie, um ihr zu zeigen, dass sie auf ihrer Seite war, auch wenn sie noch benommen von der Narkose war. Nein, vier, die anderen beiden sind bei meiner Mutter. Bist du wegen einer Brust-OP hier, fragte sie noch, duzend, wie man es in der verschworenen Patientengemeinschaft eines Krankenhauses eben tut. Die Frauen auf der Station warteten manchmal Jahre, um bei dem jungen Starchirurgen dranzukommen. Die Frau nickte. Ich will sie mir aber nicht vergrößern lassen, sagte sie. Nach den Zwillingen sind sie so groß geworden, dass mein Rücken nicht mehr mitmacht. Ich will schon seit einem Jahr kommen, aber ich konnte noch nie so viel Urlaub nehmen, und meine Mutter kann auch nicht immer. Und du, fragte die Nachbarin, auch plastisch? Nein, bei mir ist es medizinisch, sagte sie. Sie hatte bereits von der Schwester gelernt, dass es plastische und medizinische Patientinnen gab. Schließlich und endlich war sie ja wirklich aus medizinischen Gründen hier, *ihretwegen*. Um sich nicht von ihnen trennen zu müssen, wenn sie sich schon so aneinander gewöhnt hatten. Ist es bösartig, fragte die Frau. Man hat es noch rechtzeitig erwischt, antwortete sie mit ermutigendem Lächeln, als wäre von einem sich einschleichenden Dieb die Rede. Nicht, dass die arme Frau sich auch deswegen noch Sorgen macht, es reicht, dass sie eine Familie hat. Das ist gut, sagte die Nachbarin und war tatsächlich sichtlich erleichtert, sie schickte ihr ein sanftes, plötzlich sich entfaltendes Lächeln. Sie konnte sich vorstellen, was ihren Kindern fehlen mochte.

Schwester Édua kam herein, ein ängstliches Mädchen um die fünfundzwanzig an ihren Fersen. Wie die Entenmama mit ihrem Küken, so sahen sie aus. Sie sah sich das Mädchen an, das seine Habseligkeiten verzweifelt an sich presste. In dem schmucklosen Krankenzimmer wirkte ihre ölig glänzende, dunkle, frische Schönheit wie ein Atomblitz, wovon ihr wieder einfiel, wie man ihnen im vergangenen Jahrhundert in der Schule gesagt hatte, man solle sich in nasse Laken hüllen, um sich davor zu schützen, na, das wird hier wohl nicht das Problem sein, dachte sie. Sie lächelte unwillkürlich, woraufhin ihr auch das Mädchen ihr strahlendes Lächeln zuteilwerden ließ. Ihre perfekten kleinen Zähne strahlten weißer als Schwester Éduas knusprig gestärkter Kittel. Die Schwester dirigierte das Mädchen zum leeren Bett neben dem Handwaschbecken, schnell umziehen, kommandierte sie, gleich ist Großvisite, und schon war sie weg. Das Mädchen zog erst ihre hochhackigen silbernen Sandalen aus, dann das malvenfarbene ärmellose Top, schälte sich aus den elastischen, sich an den Körper schmiegenden Hüftjeans und legte schließlich auch den Spitzen-BH und den Tanga ab, Victoria's Secret. Schließlich verschwand der perfekte Körper in einem Baumwollnachthemd mit Häschenmuster. Sie sprang ins Bett und zog sich die Decke bis ans Kinn hoch. Ihre Angst war nahezu mit Händen greifbar. Die Frau mit den vier Kindern fing an, auf sie einzureden, in dem Tonfall, mit dem sie ihr jüngstes Kind am Telefon zu beruhigen versucht hatte. Hallo, ich bin Kamilla, wie heißt du, fragte sie. Roxana, sagte das Mädchen, beinahe flüsternd. Bist du medizinisch, fragte Kamilla besorgt. Sie konnte sich offenbar nicht vorstellen, dass dieses Mädchen aus anderen Gründen hierhergekommen sein konnte. Das konnte gar nicht sein. Nein, sagte Roxana, plastisch. Sie wusste auch schon, dass man das so sagen muss. Die Bestürzung musste den beiden anderen ins Gesicht geschrieben sein, denn Roxana lachte auf, keine Bange, sagte sie, es ist nur ein bisschen Tittchenvergrößerung. Und schon war sie wieder in die Beklemmung zurückgefallen.

Nach der Chefvisite wurde Kamilla in den OP gebracht, sie blieb allein zurück mit Roxana. Ich bin Vica, sagte sie. Bist du das erste Mal hier? Das Mädchen nickte mit einem Gesichtsausdruck, als hätte sie einen Geist gesehen. Ihr seidiges schwarzes Haar ergoss sich in gedrechselten Wellen über das Kissen, wie bei einem klassischen Gorgonenhaupt. Nur, dass ihr Blick nicht furchtbar war und es nicht furchtbar war, sie anzusehen. Die mindestens zwanzig Jahre Altersunterschied, die es zwischen ihnen gab, lockten einen mütterlichen Ton aus ihr hervor. Du bräuchtest das nicht, sagte sie zärtlich zu dem Mädchen, und der dankbare Blick, den sie als Antwort erhielt, galt sowohl dem Kompliment als auch der Fürsorge. Sie sah so verloren aus wie ein Starenküken, das aus dem Nest gefallen ist. Es muss sein, sagte sie. Wieso muss es denn sein? Wegen meiner Arbeit, sagte Roxana. Wieso, was arbeitest du? Dämlichkeit, dachte sie später, als sie beim Händewaschen in den Spiegel sah, ist kein medizinisches Problem. Na, ich bin in der Schweiz, sagte Roxana ausweichend und sah sie an, ob so viel wohl reichte. Es reichte nicht. In der Schweiz? Und was machst du da? Über Roxanas Gesicht huschte ein Moment von Ungeduld. Ich bin Kellnerin, sagte sie ein wenig unwillig. Aus der Betonung verstand sie endlich, was ihr das Mädchen zu sagen versuchte. Aber du bräuchtest das trotzdem nicht, sagte sie, schließlich ist das eine Operation. Du wirst betäubt, es kann Komplikationen geben, das ist nicht ungefährlich, weißt du. Und schönere als die kann auch der Doktor Munk nicht schnitzen. Die Betäubung hätte sie nicht erwähnen sollen, in Roxanas Gesicht erschien die Angst wie Eisblumen auf Fensterglas. Du lieber Gott, sagen Sie das bloß nicht (sie war nicht bereit, sie zu duzen, egal, wie sehr sie ihr zusprach). Es wird, als wäre ich gestorben, vielleicht sterbe ich wirklich, dabei habe ich ein kleines Kind, ich darf nicht sterben, und schon flossen die Tränen. Ist es bei dir in der Schweiz, fragte sie. Nein, hier zu Hause, bei meiner Mutter, sie zieht es auf. Wenn du solche Angst hast, warum bist du dann hier, fragte sie. Der Jürgen hat gesagt, dass ich es machen lassen soll. Er gibt mir alles, er holt und bringt mich mit seinem silbernen BMW, ich musste noch nie Zug fahren wie die anderen Mädels, aber dieses eine hat er zur Bedingung gemacht, er sagt, ein Auto muss man auch warten, und er will nicht Geld verlieren, nur weil ich kaputtgegangen bin. Das heißt, ich bin noch nicht kaputtgegangen, fügte sie hinzu, als sie die großen Augen ihrer Nachbarin sah, denn mittlerweile war ihr klargeworden, dass sie alles schön der Reihe nach erklären musste, und sie setzte geduldig fort, wie eine Lehrerin in der ersten Klasse, ich bin noch nicht kaputtgegangen, aber ich werde es, wenn ich mich nicht pflege. Und der Jürgen bezahlt dafür, fragte sie. Nein, das muss jede selber machen, der Jürgen bezahlt es im Voraus, aber dann zieht er's vom Lohn ab, das ist eben so, sagte sie, als spräche sie davon, dass die Sonne am Abend untergeht oder dass es Ebbe und Flut gibt.

Sie hörten ihr ängstliches Wehklagen schon vom Flur aus, bevor sie sie ins Krankenzimmer schoben, wo sie noch zwanzig Minuten lang weitermachte, bis sie sich endlich beruhigt hatte, dass sie also doch nicht gestorben war, danach schlief sie ein. Am nächsten Tag, als man die Bandagen entfernt hatte, sprang sie aus dem Bett, zog das Nachthemd mit den Häschen bis zum Kinn hoch und zeigte das Ergebnis. Na, sagen Sie schon, Teuerste, ist das nicht gut geworden, fragte Roxana mit leuchtenden Augen. Sie sah das Mädchen an und dann sah sie aus dem Fenster, um sie nicht länger anschauen zu müssen. Ja, es ist sehr gut geworden. Draußen fing es zu schneien an, die Bäume und Sträucher im Hof des Krankenhauses kleideten sich in Weiß.

Weiter atmen!

Für Ágnes Eperjesi

An dem Tag hätte man die neue Dosis kaufen müssen. Die neue Dosis kauften sie immer am Mittwoch, weil an dem Tag die Lieferung im Gemischtwarenladen ankam. Man musste jede Woche eine neue Dosis kaufen. Eine Dosis bestand aus sieben Einzeldosen, für jeden Tag eine. Am siebenten Tag gingen sie ins Geschäft, das Kind benutzte die nächste Einzeldosis noch an demselben Tag. Es wäre einfacher gewesen, die Dosis für einen ganzen Monat zu kaufen, aber das konnten sie nicht, dafür hatten sie kein Geld. Die Unterstützung für das Kind wurde zwar am Anfang des Monats geschickt, aber wenn sie dann gleich die Dosis für den ganzen Monat gekauft hätten, hätten sie das Geld nicht gut einteilen können. Neben der Wochendosis musste man noch viele andere Sachen kaufen und bei wöchentlicher Einteilung hatte man einen besseren Überblick, was gerade gekauft werden musste und was noch Zeit hatte. Was man brauchte und was noch Zeit hatte, konnte sie erst am Anfang der Woche überblicken, wenn sie die drei Schachteln Zigaretten für ihren Mann gekauft hatten und das Brot, die Lyoner und die lila Zwiebeln für seine Jausen. Manchmal verlangte er statt lila Zwiebeln nach sauren Gurken, aber saure Gurken konnte sie selber machen, die musste man nicht kaufen. Sie hätte auch lila Zwiebeln im Küchengarten anbauen können, aber in dem Jahr baute sie statt lila Zwiebeln Erbsen, Karotten und Tomaten an. Eigentlich wäre noch Platz genug für die lila Zwiebeln gewesen. Sie steckte die Gurken und das Brot in große Fünflitereinmachgläser und stellte diese vor das Haus in die Sonne. Die Sonne erwärmte schön die Einmachgläser und machte die Gurken sauer. Es war wie ein großes Aquarium, in dem Gurkenfische herumschwammen. Man konnte den Fermentierungsvorgang quasi sehen, als die Gurken in der Sonne gesäuert wurden, tanzten kleine Blasen in der gelblichen Flüssigkeit. Das Kind mochte es sehr, den Gurken in der Sonne zuzusehen, es konnte nicht genug davon kriegen. Als hätte es nur darauf gewartet, dass sie anfingen, sich zu bewegen und ihre nicht vorhandenen Münder aufzutun wie die Fische. Wie die Gurkenfische. Wie die Gurkenfische, was, Robika? Ja, wie die Gurkenfische, Papa, aber das sagte Robika nicht laut, er nickte nur mit ernstem Gesicht. Wenn er sich nicht mit seiner Tagesdosis beschäftigte, sah er den säuernden Gurken zu. Die Gurken waren sehr schön, wie sie da vor sich hin säuerten. Er sah die anderen Kinder vorbeigehen, sie gingen in die Schule, aber er musste dort nicht hin, denn Frau Marika hatte schon in der ersten Klasse gesagt, ihn müsse man da nicht hinbringen, wozu, er könnte sowieso nicht mit den anderen Schritt halten, die jetzt schon in der Siebten waren. Dabei konnte er sehr gut Schritt halten, *wer nicht geht im gleichen Schritt, kriegt auch keinen Strudel nicht*, und Strudel mochte Robika über alles, und es kam nicht in die Tüte, dass er nicht Schritt gehalten und keinen Strudel bekommen hätte. Er wusste nur nicht, was Siebtklässler sein sollten, aber das mit dem Schritthalten und dem Strudel, das wusste er. Obwohl es nur sehr selten Strudel gab, Mama buk Strudel nur anlässlich sehr hoher Feiertage, wenn das Jesuskind kam oder Robika Geburtstag hatte, aber er erinnerte sich nicht, wann das war, wann Robika Geburtstag hatte, weil jeder Tag gleich war, aber das war gerade das Schöne an ihnen, dass sie so gleich waren, er mochte es nicht, wenn sie wegen irgendetwas nicht gleich waren, er mochte keine unerwarteten Dinge, er mochte es, wenn immer alles ganz genau so war, wie es immer war; neulich zum Beispiel hat ihn der Ricsi auf den kleinen Traktor gesetzt und gesagt, komm, Robika, wir reißen ein paar Mädels auf, aber er fuhr nicht in die Richtung los, in die er sonst immer losfuhr, er fuhr nicht links am Wirtshaus vorbei, sondern rechts, und davon bekam Robika fürchterliche Kopfschmerzen, warum musste der Ricsi das machen, dachte Robika, warum hat er ihm den Kopf so schmerzend gemacht, dass er fast geplatzt wäre, dass seine Augen fast aus ihren Höhlen gesprungen wären, dass er von seinem eigenen Gekreisch fast taub geworden wäre, dass ihm fast das Trommelfell gerissen wäre, Trom-mel-fell, Trom-mel-fell, tromm-tromm-tromm, das kann man wenigstens schön rhythmisch sagen, das kreischte Robika mit einer Stimme zum Glaszerschneiden, worauf mehrere Leute aus dem Wirtshaus gerannt kamen, fick dich, Ricsi, nicht da lang, sondern da, kannst du dir nicht mal so viel merken, sagte der Csabi vom Tresen, bist du auch schon bekloppt?, woraufhin Tante Marika dem Csabi dort in der Wirtshaustür eine riesige Ohrfeige gab, ich werd dir zeigen, wer hier bekloppt ist, du Geißel Gottes, mach dich weg hintern Tresen und tu deine Arbeit, der arme Csabi, warum musste man ihn ohrfeigen, der Csabi gibt mir immer einen in Kaffee getunkten Würfelzucker, obwohl Mama ihm gesagt hat, er soll nicht, weil ich so schon übergewichtig bin, aber ich finde, ich bin nicht über gewichtig, dachte Robika, denn wenn wir mit Papa auf dem Spielplatz wippen, dann kann mich Papa immer hochdrücken und ich kann ihn nie besiegen, dabei möchte Robika den Papa so gerne wenigstens einmal mit der Wippe hochdrücken, aber nein, der Papa hält ihn sogar oben, lässt ihn nicht runter, *schickt ihn in die Ferien,* das schreien die anderen, schickt Onkel János den Robika in die Ferien? Und sie grinsen dazu und Papa grinst zurück, klar schicke ich ihn in die Ferien, wo soll ich ihn denn sonst in die Ferien schicken, auf der Rivijera?, woraufhin die anderen anfangen zu grölen, der Balaton ist meine Rivijera, dabei war noch keiner von ihnen am Balaton, kein einziges Romakind hat eine Ahnung, wie der Balaton ist, ein großes Wasser, sagt man, wie in der Bibel, und dass es gar nicht weit weg ist von hier, nächstes Jahr, sagt Papa, nächstes Jahr fahren wir zum Balaton, okay, Robika?, das sagt er immer, wenn er mich auf der Wippe Ferien machen lässt, das ist auch sehr gut, dass er das immer sagt, dass er immer dasselbe sagt und nicht irgendwas anderes, ich weiß zum Beispiel nicht, was dieses Rivijera ist, aber das interessiert mich auch nicht, das ist schon zu viel, ich brauche nicht so viel, das macht nur den Kopf schmerzen; als würde einem der Schädel gespalten, sagt Mama, das verstehe ich nicht, Holz wird gespalten, Papa spaltet immer das Holz, mit dem wir den Ofen heizen, und ich mag es, das Holz aufs Feuer zu werfen, das Feuer anschauen ist sehr gut, das Feuer ist immer gleich, die Flammen lodern immer gleich, am Anfang lodert es einmal auf, das weiß ich, aber danach ist es schön gleichmäßig und es schnurrt, drsch, drsch, bis es fast schon ausgegangen ist, aber dann kann man wieder was drauflegen, es gibt nichts, was besser wäre, außer der Seife.

Das Geschäft hatte aber zu. Mama Róza hatte an dem Tag noch keiner gesehen, angeblich musste sie nach Vásárhely hinein wegen irgendeiner dringenden Amtsangelegenheit, aber so war jetzt keiner da, um das Geschäft zu öffnen, dabei hätte man an dem Tag die wöchentliche Dosis kaufen müssen. Was mach ich jetzt, dachte Mama, was um des guten Gottes willen soll ich jetzt machen, das geht nicht, dass wir die wöchentliche Dosis nicht kaufen können, sieben Seifen, damit für jeden Tag eine da ist, und am siebenten Tag kämen sie wieder, um die neue Dosis zu kaufen, das geht schon seit Jahren so, seitdem Robika zu alt geworden ist für den Kindergarten, wo man noch glaubte, er ist nur etwas langsamer als die anderen Romakinder, er braucht nur mehr Zeit, um die Suppe zu essen, sie haben sie ihm nicht weggenommen wie den anderen, wenn sie nicht rechtzeitig fertig geworden sind, wir haben keine Zeit zu warten, bis die Kinder so gnädig sind, die Suppe zu inhalieren, sagte Frau Erika, was kann das sein, ein Inhalier, alle müssen zum Mittagsschlaf, aber ihm hatte man sie trotzdem nicht weggenommen, und die anderen schnauften bereits gleichmäßig, als er immer noch dabei war, die Grießnocken herauszufischen, die Suppe hatte er noch gar nicht angefangen, die war ihm noch zu heiß, er holte die Grießnocken einzeln auf seinen Löffel, als täte er damit eine gute Tat, die Nocken waren schön fest, so, wie er sie mochte, man musste ein wenig an der Mitte herumkauen, weil die etwas härter war als die mürben Ränder, er rettete sie, eine nach der anderen, er saß in einem Boot im Suppenmeer und rettete die Nocken aus der salzigen See, die Suppe war immer etwas salziger, als es nötig gewesen wäre, aber gerade deswegen war sie das Meer, denn der Csabi vom Tresen hat gesagt, das Meer sei salzig, ein großes Wasser, größer noch als der Balaton, dabei hatte auch er den Balaton noch nie gesehen, aber das Meer ist dazu also auch noch salzig, deswegen müssen alle herausgerettet werden, sonst sterben sie, das Salz zerfrisst ihre Haut, kommt schön her, sagte Robika, ich rette euch, ihr werdet nicht in dieser Suppe sterben, die ganze Gegend geht den Bach runter, sagte Mama Róza, es hat keiner mehr Geld, um im Geschäft einzukaufen, sie hat schon jedem alles auf Kredit gegeben, vielleicht musste sie deswegen schnell nach Vásárhely, man wollte ihr nämlich den

Laden wegnehmen, sie war schon bei der Gemeinde gewesen, hat mit dem Feri geredet, dem Bürgermeister, der ihr sagte, Mama Róza, ich würde Ihnen den Laden auch umsonst geben, aber die in Vásárhely ziehen mir das Fell über die Ohren, das sagte der Feri, der ein guter Mann war, er mochte die Zigeuner, dabei war er es nur zur Hälfte, aber das reichte aus, denn wenn jemand eine Zigeunerin zur Mutter hat, sagten die Zigeuner, dann ist er ein Zigeuner und schlussaus, Robika mochte dieses Schlussaus ziemlich, Feri sagte das auch immer, wie es aussah, sagten das alle immer, hier hast du deine sieben Seifen, Robika und schlussaus, das ist deine Dosis für die Woche oder nicht, sagte immer Mama Róza und dazu lächelte sie Robika an, der zurücklächelte und zurücksagte, schlussaus, schlussaus. Aber jetzt war der Mama-Róza-Laden zu.

Mama sah zu Robika, dessen Mund sich schon zum Weinen verbog, als er sah, dass das Geschäft zuhatte. Weißt du was, Robika, heute machen wir einen Ausflug, wir fahren auch nach Vásárhely, dort gibt es noch ganz andere Sorten Seife, nicht nur weiße wie bei der Mama Róza, aber die weißen sind gut, sagte Robika, ich mag die weißen, und zeigte vorwurfsvoll die Babyseife, die er bei sich hatte und die er mit seinen Fingernägeln schon ziemlich ausgehöhlt hatte, die Babyseife sah aus, als klafften die Krater eines unbekannten Planeten in ihr, jeden einzelnen Tag höhlte er ein Stück Seife mit den Fingernägeln aus, den Moment, wenn er seine Fingernägel in die noch unberührte Seife versenkte, liebte er am meisten, wie er anfing, die noch unberührte Fläche zu durchpflügen, das war der Moment, wenn er das Gefühl hatte, es war noch alles möglich, es konnte noch alles Mögliche daraus entstehen, nicht, dass er auf irgendetwas Spezielles aus gewesen wäre, er wollte weder ein Haus noch einen Menschen, noch einen Hund, noch eine Katze schnitzen, er wollte überhaupt nichts wollen, nur seine Fingernägel in diesen kleinen, duftenden Block versenken, der in der Mitte etwas konkav war, deswegen war es am besten, wenn man auf der anderen Seite anfing, dort, wo er sich ein wenig vorwölbte, für diesen einen Moment hätte er alles hergegeben, aber jetzt war der Laden zu und seine Mutter sagte etwas von einem Ausflug und anderen Seifen, er wollte keine anderen Seifen, keine bunten, die weißen sind gut, die weißen sind gut, die weißen sind gut, und er versenkte seine Fingernägel noch tiefer in das eine Stück, das er bei sich hatte, umklammerte es so fest er konnte, Mama wusste natürlich, dass es ihnen irgendwann zum Verhängnis werden würde, dass sie keine größeren Vorräte hatten, aber sie lebten von Woche zu Woche, die Wochen vergingen, aber immer nur eine nach der anderen, eine nach der anderen, und es half nicht, wenn sie von jemand anderem eine benutzte Seife bekamen, bis das Geschäft wieder aufhatte, gebrauchte Seifen sind nicht gut, nur eine neue Seife ist gut, nur die unberührte Oberfläche einer neuen Seife konnte den Robika beruhigen, wenn man ihm eine andere gab, eine, auf der die Aufschrift *Baba* schon verwaschen war oder der man gar nicht mehr ansah, dass da jemals eine Aufschrift gewesen war, schrie er wie am Spieß, eine neue Seife beruhigte ihn so schön, alles kam an seinen Platz, da machte es nichts, dass er keinen Platz unter den anderen Kindern hatte, da machte es nichts, dass die Zeit verschwamm, dass er nicht wusste, wann Montag war und wann Mittwoch und an welchem Tag was in der Schule unterrichtet wurde und wann Ferien waren, denn jeder neue Tag wurde schön von einer neuen Seife markiert, jede Seife war das mit den Fingernägeln herausgekratzte Zeichen für einen neuen Tag, wie der Kalender einer unbekannten Welt, in der die Krater das Schwemmgut der Minuten, Stunden und Tage anzeigten, dass Papa zur Arbeit gegangen war und erst am Wochenende wieder zurück sein würde, aber wann das Wochenende war, das wusste nur die Wochenendseife; dass er ihm versprochen hatte, ihn weit weg zu bringen, nach Sopron, dass sie nach Sopron umziehen werden, und dort wird es dann gut, dabei war es hier auch gut, wenn das Geschäft aufhatte und man Seife kaufen konnte, und dass sie an den Balaton fahren würden, der, wie Papa sagte, einen viertägigen Fußmarsch vom Dorf entfernt war, aber wie viel vier Tage sind, wusste er auch nicht, aber die Seife wusste es, die vier Seifen, die er in vier Tagen aushöhlte, aber wenn das Geschäft zuhat, dann gibt es keine vier Tage, dann gibt es nicht einmal einen, dann gibt es nichts, und Robika schrie bereits aus voller Kehle, ich will keine bunte Seife, die weißen sind gut, ich will weiße, und da nahm Mama Robika und setzte ihn auf die Querstange des Rads, auf das Fahrrad, das Papa zu Hause gelassen hatte, denn in diesem Sopron brauchte er es nicht, und Mama sollte etwas haben, mit dem sie einkaufen fahren konnte, und Robika kam dann auch immer mit, damit verging nämlich auch ein wenig Zeit, dieser dicht gewebte, undurchdringliche Stoff, der die Zeit vom Robika war, damit er genau sieben Seifen aus dem Regal holen dufte, damit er gleich die erste aufmachen konnte, vor den Augen Mama Rózas das schöne hellblaue Papier mit den weißen Punkten abpellen konnte, das er immer schön zusammenfaltete und in einem großen Karton sammelte, die duftigen Papiere vom Robika waren alle in einem großen Chiquita-Banana-Karton versammelt wie ein geheimer Kalender, die vergehende Zeit ganz genau datierend, messend, die zerfasernde Zeit von Robika, Mama, Papa, Mama Róza, dem ganzen Dorf, dem ganzen Land.

Und jetzt nahm also Mama den schreienden Robika und bugsierte ihren einzigen, dicklichen, frühpubertären Sohn irgendwie auf die Querstange des Männerfahrrads, fünf Minuten und wir sind da, flunkerte sie, denn es dauerte gut und gerne zwanzig Minuten, bis man in der Stadt war, Mama war schön, groß und stark, mit ihren starken Händen packte sie den schreienden Robika und befahl ihm mit sanfter Stimme, aufzusteigen, und als Robika nicht gehorchte, packte sie eines seiner Beine und schleuderte es über die Querstange, als wäre Robika eine Puppe, so eine, die die Puppenspieler zu Ostern in das Dorf gebracht haben, um die Auferstehung und die Geschichte vom kleinen Schweinchen Rosine zu zeigen, dann umfasste sie von hinten fest Robikas Taille, trat in die Pedale und fuhr mit ihrem brüllenden Sohn los Richtung Stadt, um die wöchentliche Dosis Seifen zu holen. Ich will keine bunten, schrie der Sohn, ich will nur weiße, ist gut, mein Junge, redete sie auf ihn ein, dann kaufen wir eben weiße oder was du willst, sie trieb das Rad aus Leibeskräften an, ihr Haar wehte im Wind, obwohl Mama ihr schon stark ergrauendes Haar immer in einem Dutt trug, dabei war sie erst siebenunddreißig, aber das wusste nur sie, ihr Sohn nicht, denn die siebenunddreißig konnten nur in Seifenform siebenunddreißig sein, in Mutterform nicht, das hätte keinen Sinn ergeben, dass Mutter siebenunddreißig war, was sollte das bedeuten, gar nichts, aus Mamas Dutt lösten sich einige schwarzweiße Strähnen, sie huschten an den Ackern vorbei, die Traktoren dröhnten, es war Erntezeit, die heiße Mitte des Sommers, und wie sie so huschten, war Robika auf einmal still, er lauschte, der Wind säuselte, die Bäume rauschten, die Grillen zirpten, die Motorräder schnurrten, als sie an ihnen vorbeirasten, brummbrumm, machte Robika und lachte bereits, er hatte schon vergessen, warum sie losgefahren waren, warum sie sich auf den Weg machen mussten, er stellte sich bereits vor, dass sie unterwegs zum Balaton waren, das wird ein großes, salziges Wasser sein, Mama, das wird die Haut ordentlich zerfressen, jauchzte er und lachte laut, wiehernd, glücklich, dass er jetzt derjenige war, der sich um seine Mutter kümmerte, er sagte, was wie sein würde, und kaum waren sie losgefahren, husch, waren sie schon da, Mama fuhr vor eine Drogerie, half ihrem Sohn von der Querstange, lehnte das Fahrrad gegen einen Strommast, und schon eilten sie ins Geschäft, geradewegs auf das Regal mit den Seifen zu, dort blieben sie schön stehen, Mama atmete auf, Robikas Augen glänzten, er ließ die alte Seife fallen und nahm genau sieben Babyseifen aus dem Regal und rannte gleich auf den Ausgang zu, um das erste Papier aufzureißen, wie er es gewohnt war, warte mal, Kleiner, die sind noch nicht bezahlt, rief die Kassiererin lächelnd, weil sie die Mutter des Jungen kannte, die Erzsike, die im Krankenhaus putzte, bevor der Robika geboren wurde, sie bezahlte die Seifen und lief schnell Robika hinterher, der glücklich seine Nägel in die duftige Wölbung der aus der Verpackung befreiten, noch unberührten *Baba*-Seife grub, die anderen Stücke drückte er vorsichtig gegen seine Brust. Mama hob ihren Sohn wieder geschickt auf die Querstange des Rads, Robika war weder bereit, die soeben geöffnete Seife loszulassen, noch, die ungeöffneten, so konnte er sich aber nicht festhalten, Mama stützte ihn von hinten ab, trat mit einem Bein auf eines der Pedale, damit das Vehikel Schwung bekam, schwang das andere Bein geschickt über den Sitz und fuhr, mit der einen Hand den Lenker, mit der anderen Robika haltend los, zurück ins Dorf, und sie war gerade auf die Straße gefahren, als aus dem Nichts ein Kastenwagen auftauchte, schneller als es erlaubt war, und Mama und Robika von der Seite erwischte, die Seifenstücke flogen durch die Gegend. Robika hielt das eine Stück immer noch fest in der Faust und hielt noch auf dem Bauch auf der Straße liegend besorgt Ausschau nach den anderen, zwei waren schlammig geworden von einer Pfütze, zwei hatten hässliche Dellen vom Rad des

Kastenwagens abbekommen, eins lag im Straßengraben und bei einem war die gepunktete Verpackung aufgerissen, wodurch sich über die ganze Kreuzung feiner Seifengeruch ausbreitete, und langsam, wer weiß, wie lange das dauerte, rappelte er sich hoch, um die Seifen einzusammeln, aber bevor er sie hätte einsammeln können, war schon unter Sirenengeheul die Rettung da, obwohl dem Augenschein nach niemand einen größeren Schaden davongetragen hatte, bestand der erschrockene Fahrer darauf, sie ins Krankenhaus zu fahren. Robika brüllte, wo sind die Seifen, wo sind Robikas Seifen, geben Sie mir meine Seifen, während ihm die Seite doch ziemlich weh tat, Mama hob schnell Robikas Seifen auf, stieg mit in den Krankenwagen und gab sie ihm, ist gut, alles ist gut, mein Junge, hier hast du deine Seifen.

Sie wurden geradewegs zum Röntgen gefahren, die Erzsike, die jeder kannte, und ihr Robika, hier ist jemand außerhalb der Reihe, Kollege József, rief der Sanitäter, der Mama noch kannte, und brachte sie sofort in den Röntgenraum, die Mama soll ihren Jungen obenrum ausziehen, und Mama schälte Robika irgendwie aus seinem Star-Wars-T-Shirt, während Robika immer noch die Babyseifen an sich drückte und brüllte, Mama schälte die verletzten Verpackten aus seiner Hand, die er an seine Brust gedrückt hielt, und ließ ihm nur die schon Ausgepackte in der anderen Hand, die lässt er nicht los, sagte Mama um Entschuldigung bittend zur Röntgen-Assistentin, die sie nicht kannte und die Robika ansah und mit ruhiger Stimme nur so viel zu ihm sagte, du kannst sie halten, wenn du dabei die Luft anhalten kannst, das ist eine schwierige Sache, aber ich wette, du schaffst das, sagte sie zu Robika, dessen Brust sie dabei sanft ausrichtete und an die kühle Metallplatte drückte, ein bisschen kalt, macht das nichts, fragte sie, worauf Robika mit weit aufgerissenen Augen den Kopf schüttelte, die Assistentin legte auch das Kinn des Jungen sanft auf eine kleine Metallablage, na, lass mal sehen, ob du so stehen bleiben kannst und die Luft anhalten, nicht bewegen, woraufhin Robika einen tiefen Atemzug nahm und mit der Babyseife in der Hand unbewegt dastand, seine noch unbehaarte, glatte Brust an die Platte des Röntgengeräts drückend. Die andere Assistentin, die in der kleinen Glaskabine saß, startete mit einem lauten Klack die Röntgenmaschine, machte die Aufnahme und winkte Mama zu, die dort stand, dass alles in Ordnung war, und rief dem vor der Maschine stehenden Jungen zu: Du darfst wieder atmen! Mutter und Sohn atmeten gleichzeitig aus und fingen gleichzeitig zu lachen an. Robika hielt es länger durch, Robika jauchzte und bohrte seine Fingernägel glücklich in die frisch ergatterte Babyseife. Natürlich, Robika, sagte Mama, jetzt darfst du weiter atmen, und sie sogen beide den zarten Seifenduft ein.

Ritter von Sulz

Die Solonummer eines Mädchens auf dem Trapez, ihr weizenblondes Haar in einen festen kleinen Dutt gebunden, aber einzelne Haare haben sich trotzdem gelöst, fliegen an den Seiten ihres Gesichts, mal vor, mal zurück, ein einfaches, rotes Dress, kein Flitter, kein Glitzer, nur die Sache selbst, rein wie ein Sommermorgen. Kein Duo, es fehlt kein Zweiter, *per se* eine Solonummer, recht ungewöhnlich auf dem Trapez, besonders von einem Mädchen, es braucht dazu zweifellos ein sehr großes (oder hohes?) Selbstbewusstsein, daran glauben, dass man auch alleine springen kann, du kannst die Stange auch allein fassen, du kannst keinem die Schuld zuschieben, wenn es nicht gelingt – wo warst du, als ich dich gebraucht hätte? –, nur der leere Raum, die Tiefe, die Höhe, das Sirren der Metalldrähte in der angespannten Stille, der viele angehaltene Atem in den vielen kleinen Brustkörben, Salto einfach, gemacht, Salto doppelt (Doppelsalto), gemacht, eine kleine Hand klammert sich an meine oder ich mich an ihre, und das Gesicht des Mädchens auf dem Trapez ist wie das der Dame mit dem Hermelin, klassisch durchgeistigt, man sieht ihr an, dass sie jetzt dort ist, wo sie sein wollte, worin sie jeden Tag so viele Stunden investierte, was sie so oft übte, dass sie selbst im Traum nur schaukelte, sprang und schaukelte (Musik von Nino Rota), vielleicht konnte sie den Traum gar nicht mehr von der Wirklichkeit unterscheiden, vielleicht ist ihr Gesicht deswegen so schön und ruhig, weil sie es nicht mehr weiß, aber es interessiert sie auch nicht mehr, dass sie es nicht mehr weiß, sie weiß nur eins, dass der nächste Sprung gelingen wird, darauf muss sie sich konzentrieren, denn wenn auch nur ein Augenblick des Zweifelns, ein winziges Zweifelchen in ihr Blickfeld gerät, trocknet das sofort auf ihrer Retina fest, wie im Wäscheschrank der Mäusekot auf den weißen Laken.

Sie steht am Rande der Manege und klammert sich an einen Korb voller Blumen, diesen Korb muss sie nach der nächsten, der letzten Nummer hinaustragen, sie ist das Kind, das die Blumen an die Gastzirkuskünstler aus seiner fernen Heimat überreicht, ein ungarisches Kind in einem weit entfernten Land, einem weit entfernten Zirkus, das wird sie erfreuen, denken die Organisatoren, das wird ihre Brust vor Stolz schwellen lassen, dass es selbst hier noch kleine ungarische Kinder gibt, dass es, wohin man auch kommt, überall kleine ungarische Kinder gibt, die einem Blumen überreichen, die ihre Sache prima machen, sie bringen den Blumenkorb auf die Bühne wie ein kleiner Gott und sagen ihr Sprüchlein auf, das man ihnen für diese Gelegenheit eingetrichtert hat, wonach sie stolz auf ihre Heimat sind, auf die Volksrepublik Ungarn, und auf ihre Künstler, selbst hier, hinter den sieben Bergen, wohin es keine Menschenseele jemals schafft, nur sie und die Artisten, die ihrerseits bestimmt denken, denkt sie jetzt, dass, wenn sie sich schon bis hierher geschaukelt haben, geht das vielleicht noch weiter, denn wie es der Clown hier und jetzt gesagt hat, *einen hab ich noch!* (und ja, wenn es sein muss, gibt es immer noch was anderes, manchmal sogar, wenn es nicht sein muss, man müsste sich endlich damit abfinden, dass es nicht nur die eine Heimat gibt und nicht nur das unerschütterlich Treusein zu ihr, man müsste endlich sehen, dass es diesen Punkt gibt, an dem das Unerschütterliche plötzlich erschütterlich wird, oder nicht einmal das, und dass man

Treue durch Anwesenheit beweisen könnte, ist zumindest Mumpitz).

Dazu müsste man aber tatsächlich springen wie noch nie, mit einem Salto, den noch nie jemand gesehen hat, mit dem man hinüberschaukeln könnte in einen anderen Raum, eine andere Dimension, ein anderes Leben, sie hält die Henkel des Korbs fest, sie könnte ihn auch hinstellen, während sie die letzte Nummer beenden, man hat ihr auch gesagt, sie solle ihn hinstellen, aber sie kann nicht, sie muss etwas festhalten, ein schöner, bunter, tropischer Strauß, auf der einen orangefarbenen Blüte sitzt sogar ein Kolibri aus Draht, sie verdreht den Hals, schaut nach oben, in den Raum über der Manege, wo die Artisten schaukeln, und der Anblick verdichtet sich auf einmal zu einem Ton, aus vielen Kehlen bricht ein einziger Ton hervor, als wollte man den fallenden Körper mit diesem einzigen, dichten Ton auffangen, sie hält die Henkel des Korbs fest, verdreht den Hals, es gibt kein Netz, nur eine weiche Oberfläche auf dem Boden der Manege, eine Art Matratze, der Rock des Mädchens in den Farben der ungarischen Trikolore, der zum Dress gehört, schlägt in der Luft wie der Flügel eines angeschossenen Vogels, und dann schlägt der Körper auf dem weichen, blauen Stoff auf, sie hält die Henkel des Korbs fest und starrt den Drahtkolibri auf der orangefarbenen Blüte an, was dahinter ist, weiß sie nicht, nur die entgeisterte Stille drückt gegen ihr Trommelfell, und dann, plötzlich, der gleiche einheitliche, dichte Ton, nur dass es diesmal der Ton der Freude ist, der kreischenden Freude, denn als sie vorsichtig zwischen den Blumen hinausblickt, sieht sie, dass das Mädchen sich langsam hochhievt, sie scheint Schmerzen in der Seite zu haben, aber sie steht auf, während die anderen von oben schnell herunterklettern und sich neben sie stellen, sie nehmen sie an der Hand und verbeugen sich, das Publikum spendet tosenden Beifall, sie wischen sich Tränen ab, nicht nur die Kinder und die Erwachsenen, auch das gestürzte Mädchen weint, aber es lächelt, als sie sich verbeugen, jetzt geh, hört sie hinter sich, geh ruhig!, aber ihre Beine sind wie zwei Blöcke aus Sülze, sie gehorchen nicht, sie steht am Rande der Manege, sie war noch nie drin, noch nie hatte sie der Clown auf die Bühne gerufen, um sie mit seiner Wasserpistole zu bespritzen oder unendlich viele Pingpongbälle aus ihrer Tasche zu zaubern, dabei sehnte sie sich genau danach, in die Mitte der Menge gehen zu dürfen, aber jetzt, da es möglich gewesen wäre, konnte sie es natürlich nicht tun, *selawie*, hätte sie sagen können, wie sie es von den Erwachsenen hörte, wenn das *wie* damals nicht nur acht Jahre auf die Waage gebracht hätte und wenn sie gewusst hätte, was das bedeutet, also sagte sie es nicht, und in ihrem Kopf ging nur herum, Sülze, Sülze, und dass sie Sülze hasste – später wurde das unter Revision genommen –, und später, schon wieder zu Hause, die Liebesdichtung von Mihály Csokonai Vitéz, darüber lachten sie ständig, wenn der Lehrer auch nur so viel sagte, Csokonai, weil man das so schön zu *kocsonyai* verdrehen konnte, so dass Ritter Mihály von Sulz aus ihm wurde, aber all das wusste sie dort natürlich noch nicht, es schmatzte nur in ihrem Kopf, Sülze, Sülze, so lange, bis sie gar nicht mehr wusste, was das bedeutet, es wurde nur ein blödes Wort, ein blödes ungarisches Wort, sie hielt die Henkel des Korbs fest und auf einmal sah sie, dass das gestürzte Mädchen sie bemerkte und zu ihr kam, sie blieb vor ihr stehen und küsste sie, alles in Ordnung, sagte sie auf Ungarisch, in ihrer geheimen Sprache, keine Bange, einen *Ritter von Sulz* haut so etwas nicht um, denkt sie, das Mädchen, das ungarische Mädchen hat noch Tränen in den Augen, aber es lächelt wirklich schon wieder, nimmt ihr den Blumenkorb ab, hält ihn hoch Richtung Publikum, winkt und tritt ab, und die Anderen folgen ihm.

Und natürlich, da gibt es auch noch die Frage, ob Knoblauch in die Sülze hineingehört oder nicht, aber die Sülze als solche ist im Grunde nichts anderes als das Überleben, das Entkommen, der glückliche Ausgang, das »Und sie lebten glücklich bis ans Ende ihrer Tage«, oder zumindest lebten sie und erst danach starben sie.

Und es gehört Knoblauch hinein.

Ida
(vier Handschläge)

[In einem Saal des Museums der Schönen Künste in Budapest]

Ich sagte zu ihr, lass uns rausgehen, in den Stadtpark, spazieren, aber noch bevor wir am See angekommen waren, fing sie zu betteln an. Dass es hier ein Gemälde gäbe, das wolle sie sich schnell anschauen. Ich sagte zu ihr, Minka, ich werde bestimmt nicht ins Museum gehen, endlich einmal scheint die Sonne, ich warte hier am Fuß der Treppe auf dich, wenn du in zehn Minuten nicht draußen bist, gehe ich allein, ich schwöre. Eine Viertelstunde später war ich gerade dabei, aufzubrechen, aber dann dachte ich, lieber gehe ich ihr hinterher und zerre sie da raus, kann ja wohl nicht wahr sein, dass sie nicht fähig ist, einen Sonntagvormittag an der frischen Luft zu verbringen. Ich irrte hin und her und fand sie natürlich nicht, die Teuerste hatte nicht gesagt, welches Bild das Objekt ihrer Begierde war, ihr Telefon war ausgeschaltet, ich wurde von strengen niederländischen Matronen und verdächtig fitten mythologischen Helden angestarrt, sie waren *fesch*, so hätte es Minka gesagt, das war eins ihrer Lieblingswörter, ach, wie fesch Sie heute aussehen, Herr Doktor, sagte sie, dabei war sie da schon über neunzig und kaum mehr am Leben, komm her, winkte sie mich im Krankenhaus zu sich, lass mich dir diesen freundlichen kleinen Arzt vorstellen, der würde genau zu dir passen, flüsterte sie, so laut, dass man es selbst beim Portier noch hören konnte.

Und dann die Ida, immer nur die Ida ... In der Künstlerkolonie in Szolnok waren sie damals die einzigen beiden Frauen, sie und die Ida, die Ida Kohner, die die Tochter eines Barons war, eine echte *Baronesse,* während ich, sagte Minka immer kichernd, *grad im Gegenteil,* aber Geld spielte keine Rolle, nur jene *e-wig-wäh-ren-de,* wie sie sagte, Anziehung, in der sich so viele verschiedene Empfindungen vermischten. *Ewig während,* verstehst du?!, rief Minka, dass das ganze Krankenzimmer erbebte, doch leider, die Ida gibt es lange nicht mehr und ich verrotte hier vor mich hin, sagte sie und riss sich mit einem Schwung, der ihren Zustand Lügen strafte, den Infusionsschlauch aus dem Arm.

Kann man in einer Freundschaft verwitwen?, fragte sie. Sie mochte es, sich mit solchen sprachlichen Dingen auseinanderzusetzen.

Über Ida konnte sie nur schwärmerisch oder voller Hass erzählen. Du wirst schon noch erfahren, dass sich diese beiden Empfindungen in einer Freundschaft häufig berühren – als ob ich das nicht wüsste –, sie hingen mit einer besitzergreifenden Strenge aneinander, wie das nur junge Mädchen oder Liebende können, dabei war Minka in Ida nicht verliebt, nur neidisch.

Ich war neidisch *in* sie, kann man das so sagen? Oder eifersüchtig, meinetwegen.

Minka hatte einiges an Sachlichkeit in sich. Manchmal sprach sie über ihre eigenen Kinder, als wüsste sie nicht, dass eins davon meine Mutter ist. Sie beneidete Ida, weil diese hochgewachsen war, schlank, elegant, in neun Sprachen lesen konnte und dazu noch Talent hatte, sie war der Liebling von Fényes, denn sie studierten beide bei Adolf Fényes. Minka war immer der Meinung, dass Ida nicht talentierter war als sie selbst, und war deswegen oft genug wütend, doch mittlerweile, wenn sie daran zurückdachte, winkte sie mit ihrer knochigen, leberfleckigen Hand müde ab, gab es daran keinen Zweifel.

Idas Vater hieß auch Adolf, erzählte sie schon zum hundertsten Male, ich kannte die ganze Geschichte auswendig, einer der reichsten Männer des Landes, er hatte seinen Titel von Franz Josef bekommen! Wenn sie auch nicht in Ida verliebt war, in den Herrn Baron war sie es möglicherweise schon, ein zwei Meter großer, fescher, aufmerksamer Mann, der Gemälde sammelte und sogar Geige spielte, ach, wie sehr beneidete sie Ida, weil sie so eine gute Beziehung zu ihrem Vater hatte! Der Herr Baron war immer so herzlich zu ihr, wenn sie Ida in ihrem glanzvollen Palais in der Damjanich-Straße besuchte: Kommen Sie, liebste Hermina, ich zeige Ihnen meine neuesten Erwerbungen. Sie liebte diese Nachmittage, wenn der Baron sie und Ida am Arm nahm und ihnen die außergewöhnlichen Eigenschaften seiner neu erstandenen Bilder erklärte. Sie hatten beide ihre Lieblinge, Ida und sie, und Minka beschrieb immer haarklein, wie sie aussahen. Ich habe keins dieser Bilder je gesehen, dennoch waren sie mir so gegenwärtig, als hingen sie an den Wänden meines eigenen Zimmers. An den Namen des Malers erinnerte sie sich nicht immer, aber das Bild sah sie immer klar vor sich.

Es gab ein kleinformatiges, einen Franzosen aus dem XIX. Jahrhundert, den liebte Minka sehr. In der Sammlung des Herrn Baron war es das einzige Bild von diesem Maler, nichts Besonderes, auf einer Dorfstraße geht ein alter Mann Hand in Hand mit seinen beiden Enkelkindern, einem Mädchen und einem kleinen Jungen, neben dem Weg ein Friedhof, im Hintergrund Fabrikgebäude mit einem rauchenden Schornstein. Auf dem Bild, sagte Minka, sieht es so aus, als hätte der Großvater gerade innegehalten, er blickt starr vor sich hin, das ältere Enkelkind, das Mädchen, schaut zu ihm hoch, als wollte sie ihn anspornen, weiterzugehen, aber der alte Mann ist sichtlich außerhalb des Augenblicks geraten – oder gerade hinein, als wäre ihm plötzlich etwas klargeworden, was er nicht mit den Kindern teilen konnte. Jedes Mal, wenn sie das sah, sagte Minka, sei sie überwältigt davon, wie jemand scheinbar so beiläufig den Moment der verspäteten Erkenntnis darstellen konnte, dass wir also tatsächlich sterblich sind.

Mit ihrer Freundlichkeit, ihrer hingebungsvollen Aufmerksamkeit nahm Ida jeden für sich ein. Auch der Wolfner-Junge verfiel ihr augenblicklich, als er einmal zu Fényes zu Besuch kam. *Singer und Wolfner,* du weißt, damals ließ er sich schon Farkas nennen. Mir hat er auch gefallen, seufzte Minka, er war ein anziehender Mensch, trug ein weißes Ziertaschentuch in der Zigarrentasche, aber er beachtete mich gar nicht, er wollte nur die Ida. Er heiratete sie auch, sie zogen nach Paris, und ich hatte für Monate einen metallischen Geschmack im Mund, ich konnte kaum was essen. 32 zogen sie dann wieder nach Hause zurück, weil der alte Wolfner gestorben war, und István, der Ärmste, der seinen Vater selbst nach dessen Tode noch fürchtete, übernahm den vermaledeiten Buchverlag. Dabei war er draußen schon ein anerkannter Maler geworden! Gehen oder bleiben, immer das alte Lied. Ich werde wohl nicht mehr erleben, sagte Minka, dass das keine Frage mehr sein wird. Wenn du gehst, kannst du vielleicht eher bleiben, und wenn du bleibst, kannst du leicht gehen. Manchmal war Minka wie ein Zen-Meister in einem Nachthemd mit Tulpenmuster.

Und dann kam das, woran *nie einer gedacht hätte* (das sagen wir manchmal gleichzeitig, wie ein griechischer Chor): Baron Kohner ging pleite und musste alles, was er besaß, zu Geld machen, auch seine geliebte Sammlung. Ich war dabei, sagte

Minka, bei der Auktion 34; »die Auktion des Jahrhunderts«, schrieben die Zeitungen. Das Museum Ernst war so voll, dass es mehreren Leuten schlecht wurde vor lauter Luftmangel. Von den Kohners war natürlich niemand da, auch Ida nicht, sie konnten es nicht über sich bringen, aber mich bat sie, sie flehte mich an, wenigstens ich möge mir die Bilder noch einmal anschauen. Dort habe ich zum letzten Mal den kleinen Franzosen gesehen, er wurde gleich als Erster herausgebracht, aber keiner wollte ihn ... Drei Jahre später, sagte Minka, hatte Ida eine eigene Ausstellung im Ernst – ich wäre fast geplatzt vor Neid. Natürlich half ich ihr mit der Hängung, welches Bild wohin und so weiter, und da brach sie auf einmal in Tränen aus, dass ausgerechnet in diesem Raum die Sammlung ihres Vaters verkauft worden sei. Der arme alte Mann ist noch in demselben Jahr, 37, gestorben. Zu seinem Glück, sagte Minka und sah mich an, als wäre es meine Schuld, dass es den Zweiten Weltkrieg gegeben hatte.

Wenn die Würde des Menschen so erniedrigt wird, lohnt es sich nicht, weiterzuleben. Das schrieb István Farkas, der Mann von der Ida, auf die Postkarte, die er aus dem Viehwaggon nach Auschwitz herausgleiten ließ. Die Karte war an Ferenc Herczeg adressiert. Herczeg hatte ihm versprochen, bei Horthy ein gutes Wort für ihn einzulegen, aber daraus wurde natürlich nichts. Auf der Liste der jüdischen Journalisten und Verleger war Farkas' Name der letzte. Der Name wurde, sagte Minka und hielt ihren knorrigen Zeigefinger in die Höhe, *per Hand* ans Ende der Liste geschrieben. Später stellte sich heraus, dass die Handschrift zu jenem Mann gehörte, dem Farkas seinen Verlag überschrieben hatte. Er war siebenundfünfzig Jahre alt. Als sie aus dem Zug stiegen, sagte man ihm, er solle sagen, er sei erst fünfzig. Aber er weigerte sich, er stellte sich zu den Alten und den Kindern.

Ida wollte auf keinen Fall fliehen, als István verschleppt wurde. Sie war störrisch wie ein Maultier, schäumte Minka.

Ich strich ihr das schüttere, graue Haar aus der verschwitzten Stirn. Red nicht so viel, ruh dich aus.

Sie wartete auf ihren Sohn, der beim Arbeitsdienst war. Die Pfeilkreuzler stießen ihren Körper in die Donau, jawohl! Der Junge kam erst nach dem Tod seiner Mutter zu Hause an.

Ach, Doktorchen, gut, dass Sie kommen, wie lange wollen Sie mich das hier noch in die Länge ziehen lassen?!

[kurze Pause]

Ich fand Minka gleich im zweiten Saal. Das Bild erkannte ich schon von weitem. Als ich lautlos hinter Minkas Rücken trat, fiel mir auch der Name des Malers ein: Jules Bastien-Lepage. Kleinformatig. Franzose.

Kadaverloch

Wer Strom hat, hat alles. Die Reklame erschien an mehreren Punkten der Stadt, noch dazu auf Riesenplakaten, und er hatte jedes Mal das Gefühl, als hätte man ihm, János Fillimon, persönlich eine Nachricht geschickt, als hätte man ihm eine hübsche Auszeichnung an die Brust geheftet oder ihm eine Anerkennungsurkunde mit Stempel verliehen, sagen wir, am Welttag der Beleuchtung. Denn tatsächlich, was wären sie ohne ihn, sie würden nur durch das Dunkel tapsen und nach ihren weggerollten Pillen suchen. Auch heute hat er es gesehen, als er zur Adresse fuhr, diesmal wurde es in einer Haltestelle des Trolleybusses verkündet, dass wer Strom hat, alles hat, aber ausgerechnet an diesem Tag war er als Elektriker nicht ganz und gar überzeugt, dass diese Aussage über jeden Zweifel erhaben war. Denn was ist schon alles, dachte er, wenn man im Innern das Nichts spürt. Die Welt kann erleuchtet sein bis zum Gottverdammmich, wenn es im Innern zappenduster ist. Fillimons Verhältnis hatte an jenem Morgen Fillimons Aufmerksamkeit darauf gelenkt, dass sie der Meinung war, er könne seine Hurenmutter beehren, nachdem Fillimon zugegeben hatte, dass er das Geld für die zu Weihnachten geplante Pauschalreise in die Karibik immer noch nicht zusammenhatte, dabei war schon Oktober und man müsste die Anzahlung leisten. Und dass sie noch im Frühjahr präzise nachgerechnet hatten, dass das Geld bis jetzt zusammenkommen müsste, und dass sie schon früher den Verdacht hatte, aber nun ganz sicher sei, dass Fillimon den Zaster regelmäßig irgendwo vertrinkt oder verspielt oder, was am wahrscheinlichsten ist, verhurt, und sie habe genug von seinen Spielchen, sie packe jetzt ihre Siebensachen und ziehe noch heute aus, die drei Jahre mit ihm waren mehr als genug. Julika, wollte Fillimon mit resonanter Stimme anheben, hör auf mit deinem Julika, brüllte Julika, du weißt, dass mich das wahnsinnig macht, wie zur Hölle ist es möglich, so eine einfache Sache nicht zu respektieren, du scheißt drauf, was ich will, was ich möchte, als wäre ich gar nicht da, brüllte Julika, da stand er schon draußen im Hausflur, weil er losmusste zum Termin, aber von nun an stimmt das auch, fauchte Julika wie ein Pottwal, ich werde nämlich wirklich nicht mehr hier sein, und Fillimon registrierte traurig, dass Julika, wenn sie so brüllte, was nicht gerade selten vorkam, tatsächlich viel von ihrer Julikahaftigkeit verlor.

Er stieg aus dem Trolley und bog in die Király-Straße ein, die ihn wie üblich am ehesten an einen aufgeregten Bienenstock erinnerte. Er war froh, dass er nicht jeden Tag an so einen chaotischen Ort nach Hause kommen musste, er freute sich über die sonnigen anderthalb Zimmer in Angyalföld. Nur die Julika. Die Juli, verbesserte er sich schnell, obwohl es schon egal war. Die Adresse führte ihn zu einem abgewrackten Haus der Jahrhundertwende, der Putz war schon halb abgefallen und der Balkon über dem mit Pfauen verzierten, einst sehr dekorativen schmiedeeisernen Eingangstor war von Balken gestützt, damit er nicht herunterkam wie eine Deus-ex-Machination, den Passanten in den Nacken. Unter der so entstandenen gemütlichen Holzveranda entzifferte Fillimon den Namen und klingelte. Elektriker, sagte er und das schwere Tor fing sofort an zu summen.

In der Tür in der obersten Etage empfing ihn eine steinhart trainierte Frau in ihren Dreißigern, die wasserstoffblonden

Haare in einen festen Pferdeschwanz gebunden. Kommen Sie, ich zeig's Ihnen, sagte die Frau und trieb ihn aus dem dunklen, langen Flur in einen großen Raum, der ursprünglich wohl die Diele gewesen war. Es gibt ein Problem mit der Beleuchtung des Zimmerspringbrunnens, die ist seit zwei Tagen futsch, sagte sie mit ein wenig irritierter Stimme, als könnte er, Fillimon, etwas dafür. Offenbar ist das so ein Tag, dachte er, wenn die Achterbahn niederbrennen würde, würde die Terrorabwehr ihm die Tür eintreten. In dem Raum war leise, ostasiatische Musik zu hören und eine der vier Meter hohen Wände war gänzlich mit einer Plastikfelsenwand verkleidet, über die das herunterlaufende Wasser in einen kleinen Plastiksee sprudelte, in dem wiederum Goldfische von erschreckendem Ausmaß herumschwammen. Neben dem Zimmerspringbrunnen stand ein Sessel mit Kopf- und Fußteil, bei dem man einstellen konnte, wo er einen drücken und wo er vibrieren sollte, einmal hatte er so einen bei einem Kumpel ausprobiert und hatte hinterher einen derartigen Muskelkrampf im Rücken, dass er kaum aufstehen konnte. Neben dem Sessel stand ein mindestens zwei Meter hoher bunter Papagei aus Holz, aber es könnte auch ein Kakadu gewesen sein, Fillimon erkannte, wenn er, selten genug, mal auf dem Lande war, das Schwein mit der größten Sicherheit, alle anderen Tierarten bewegten sich bei ihm in einer Grauzone. Gegenüber vom Springbrunnen stand etwas, das an eine offene Feldschutzhütte mit Reetdach erinnerte, von dem weitere bunte Vögel baumelten, und zwischen den beiden Seitenbalken schaukelte eine Hängematte. Als vollendete Ergänzung dazu war die hintere Wand des großen Raums in ganzer Breite von einem Aquarium bedeckt, seine bläuliche Beleuchtung entsandte ein außerirdisches Licht, von dem Fillimon die obligatorischen Höhensonne-Sitzungen im Kindergarten einfielen, vor denen er sich immer panisch gefürchtet hatte, denn in den kleinen, runden, bunten Schutzbrillen sahen alle wie Marsmännchen aus, aber am meisten Tante Évi, die eine größere Brille hatte als die Kinder und die dadurch vollkommen ihre sonst so beruhigende Tanteévihaftigkeit verlor und sich in ein böses Monster verwandelte, wegen dem der kleine Fillimon nachts kaum einschlafen konnte.

Er trat näher an das Aquarium heran, um einen sonderbaren Fisch in Augenschein zu nehmen, der seinen offenen Mund an das Glas klebte und am ehesten so aussah, als wollte er jemandem einen leidenschaftlichen Zungenkuss geben. Fillimon sah ihn sich wie verzaubert an und wurde plötzlich von einem Zittern erfasst, dass er so nicht mehr, dass man ihn so nicht mehr, nie mehr. Warum macht er das, brachte er endlich hervor, sich an die Frau wendend, als wollte er ihr persönlich einen Vorwurf machen. Die Frau kippte unverständig den Kopf zur Seite, ihr Pferdeschwanz fing energisch zu pendeln an, was ist, fragte sie in einem Ton, dass Fillimon sofort Julikas grobe Brüllstimme heraushörte, ach so, der Fisch, sagte sie mit plötzlich sich erhellendem Gesicht, als würde sie sich freuen, dass sie einen Laien in etwas einführen kann, mit dem sie sich sehr gut auskennt, das ist ein Algenfresser, er frisst die Algen vom Glas. Aha, sagte Fillimon mit einer Miene, als hätte er nun endlich etwas verstanden, was er schon vor langer Zeit hätte verstehen sollen. Und diese Fische und diese anderen Dingse, haben Sie die alle selbst hergebracht von ... ihrer Fundstelle, fragte er. Indonesien? Thailand? Karibik? Sie tauchen doch nicht etwa auch, fragte er und betrachtete die sich unter dem T-Shirt straff wölbenden Brüste und die muskulösen, braun gebrannten Arme der Frau. Die Frau lachte, ach was, bis jetzt war ich maximal bis Graz, seitdem war ich außer in Sülysáp nirgends, und da auch nur, weil mein Ex mich übers Ohr hauen wollte, aber ich bin aufmerksam, mich kann man nicht einfach so linken, am Ende konnte er nicht einmal die mickrige Kükenbrutanlage abzweigen. Das hier hat mein kleiner Bruder gemacht, er hat die Felsenwand gemacht, Spritzguss, die Fische sind aus dem Fischladen, die anderen aus dem Asialaden, verstehen Sie, nach der Maloche komm ich nach Hause, setz mich hier rein, meinetwegen können draußen die Zigeuner und die Bettler herumbrüllen, ich schalte nur die Musik und den Zimmerspringbrunnen ein und fertig, aus, ich bin weg.

Verstehe, sagte Fillimon und räusperte sich, dann zeigen Sie mir doch bitte, was das Problem ist, woraufhin die Frau ihn zur Steuerungseinheit des Springbrunnens führte, hier müsste was mit dem Licht gemacht werden, ich kann herumschalten, wie ich will, nichts passiert. Fillimon schraubte den Deckel der Steuerungseinheit auf, warf einen Blick ins Innere, fummelte ein wenig, und schon ging das Licht an und wurde sanft gegen die nasse Felswand geworfen. Er schraubte den Deckel wieder an und war schon dabei, seine Werkzeuge einzupacken, als die Frau, die offenbar tatsächlich immer auf Zack war, fragte, ob man in das eine Loch nicht auch noch eine Schraube tun müsste? Ach, sagte Fillimon und winkte müde ab, muss nicht, das ist nur ein Kadaverloch. Er ließ seine Werkzeugkiste zuschnappen und machte sich auf Richtung Ausgang.

Fast gut

Körniges, splitterndes, blinkendes Licht.
Pulsiert, müht sich. Zeigt sich.
Die Spule der Filmrolle knattert, Metall trifft auf Film, Film auf Luft; es herrscht die Chemie.
Luft mit der Lunge; die Lunge fast mit den Rippen.
Es gibt immer einen Zwischenraum, der einen hält.
Es gibt immer ein fast schon.
Fast schon ist es nicht wahr.
Fast schon ist es wahr.

*

Am eisigen Morgen des 4. Februars 1912 macht sich Franz alias François Reichelt, ein französischer Schneidermeister österreichischer Herkunft, den man in der ganzen Stadt unter dem Namen der Fliegende Schneider kennt, um sieben Uhr null null (7:00) mit zwei seiner Freunde auf zum Eiffelturm, um seine neueste Erfindung, einen mit einem Fallschirm kombinierten Mantel, mithilfe einer Ankleidepuppe auszuprobieren. *Mannequin. Avec.*

Probieren geht über Studieren.

Das Glück des Mutigen, das ist es, was er jetzt braucht. Dieses eine Mal. *So Gott will.*

Probeglück braucht man auch sonst oft, damit der Brustbereich des Überziehers gut liegt oder die Hose bei der Anprobe passt, damit König Kunde zufrieden ist und man die Abstecker festnähen kann. Franz ist es noch nie passiert, dass man an einem festgenähten Abstecker noch was ändern musste. Die Naht auftrennen. So etwas kam bei ihm einfach nicht vor.

Franz ist eine echte Berühmtheit, ein allseits bekannter Erfinder; seine Pionierarbeit ist insbesondere auf dem Feld der Fallschirmspringerei herausragend.

Ein echter Liebhaber des Springens.

Ein echter Liebhaber des Windes, wie er während des Sprungs gegen seine Wangen weht. Sie fast aufschlitzt. Fast tut es schon weh.

Fast ist es nicht mehr gut.

Fast ist es gut.

Es ist gut.

Franz ist in den Himmel verliebt, in die Luft, das Fliegen, wie damals so viele. Zwischen drei zweireihige Anzüge fügt er acht Sprünge ein; eine Anprobe, ein Sprung, eine Anprobe, ein Sprung. Ein schneidiger Frack, ein weißer Leinenanzug, Sprung. Ganz Europa ist vom Flugfieber erfasst, ein haarsträubender Flug folgt auf den nächsten, der eine lenkt einen Heißluftballon, der andere eine Propellermaschine, der dritte einen *dirigible* über die Schwingen der Lüfte.

Manchmal sind die Schwingen der Lüfte nicht zu lenken.

Manchmal tragen sie einen nur davon. (Vis maior.)

Die Mutigsten aber, die den Wagner'schen Opernhelden ähnlich im heißesten Feuer der Liebe brennen, wollen wortwörtlich eins werden mit dem Element, das sie als einziges am Leben hält. Sie selbst sollten es sein, die fliegen, sie wollten ihren eigenen Körper lenken, und man kann nicht behaupten, dass diese ihre Sehnsucht nicht derselben Quelle entsprungen und nicht so alt gewesen wäre wie die Kultur selbst. Und wem es nicht gelang, dem erging es wie dem Besitzer des winzigen, aus dem Meer herausragenden Fußes. Der fatale Unfall blieb unbemerkt; das Leben ging ungestört weiter.

Doch hier, auf dieser körnigen Schwarzweißaufnahme kann man sehen, wie sich *tout Paris* am Fuß des Eiffelturmes einfand. Ein Heer von Fotografen, Journalisten, Amateur- und Profifilmern, dazu eine bunte Vielheit aus Wissenschaftlern, Schaulustigen, Neugierigen, Touristen und *flaneurs*, alle drängelten sie sich dort. Sie warteten auf die Produktion.

Franz Reichelt drehte sich erst langsam um die eigene Achse, als würde er seine gewagte Mantelkreation, die er sich übergezogen hatte, auf einer Modeschau vorführen. Aus der Schulterpartie des Mantels ragte eine große, viereckige Kon-

struktion hervor, in die er einen Fallschirm gestopft hatte ... »*une sorte de manteau, muni d'un très vaste capuchon de soie*«. Eine Seidenkapuze.

Franz sieht ein wenig so aus, als wäre er während des Flugs im Bühnenraum eines Straßenpuppentheaters hängen geblieben und sein Kopf wäre der Protagonist des Puppenspiels. Franz sieht ein wenig so aus, als käme er vom jährlichen Maskenball der Pariser Avantgarde und als hätte er sich dafür als schwarzes Viereck verkleidet.

Sein kecker, modischer Schnurrbart wird von der in seinem Atem sichtbaren kalten, frühmorgendlichen Luft schön hervorgehoben. Man sieht die hüpfenden Körner und Fäden des chemischen Schneefalls im Film.

Er hebt sein flaches Chapeau zum Gruß und setzt es wieder auf; guten Morgen, Paris, guten Morgen, Leben.

Es herrscht Nebel, der sich nur schwer auflösende Nebel eines Wintermorgens, im Hintergrund Erd- oder Steinhaufen, Spuren von Bauarbeiten, vielleicht sind es die quadratischen Ziersteine der noch zu verlegenden Pflasterung am Fuße des Turms, die man dort bereitgestellt hat, weiter weg Gaslaternen, der Kai, am jenseitigen Ufer ein sanfter Hügel mit Wohnhäusern, die sich dunkel wölbende Kuppel einer Kathedrale, kahle Bäume. Man spürt förmlich die bis zu den Knochen dringende Kälte.

Comme s'il eut pressenti l'horrible sort qui l'attendait, le malheureux inventeur hésita longuement avant de se lancer dans le vide.

Eine Vorahnung; er hesitiert.

Nach Monaten des Flehens hat die Pariser Oberpolizeidirektion Franz endlich die Erlaubnis erteilt, seinen neuesten Fallschirm mithilfe einer Ankleidepuppe auszuprobieren, vom

Eiffelturm aus. Franz argumentierte, die Funktionstüchtigkeit seiner Erfindung könne mit größter Sicherheit nur bei Vorhandensein von genügend Höhe beziehungsweise Tiefe getestet werden. Mit der Ankleidepuppe garantierte Franz für die Sicherheit.

Und nun ist der große Tag gekommen, doch keine Ankleidepuppe weit und breit.

Statt dieser sehen wir Franz selbst auf einer unteren Aussichtsplattform des Eiffelturms, wie er auf einem Thonetstuhl balanciert, der seinerseits auf einem kleinen Tischchen steht, auf dem Rücken trägt Franz die seltsame Flugbastelei, als würde er sich für eine kühne Zirkusnummer bereit machen. Seine Freunde, ein feiner Herr mit Zylinder und ein Mann, der mehr nach einem Bohemien mit einer Lenin-Mütze aussieht, helfen ihm, der Kameramann nimmt fleißig auf, und ein weiterer harrt unten zu Füßen des Turms weiterer Ereignisse. Später harrte man der Ereignisse nicht mehr. Später war es zu spät.

Bevor sie hochgingen, versuchten Franzens Freunde und einige besorgtere Zuschauer aus der Menge, ihn von seinem verrückten Plan abzubringen. Er möge an die feinen englischen Stoffe denken, an die dreiteiligen Anzüge mit Uhrentasche, an die ausschließlich unter Franzens teuflisch geschickten Fingern sich entfaltenden glänzenden Jacketts, an die großzügigen Ausgehmäntel, an die weichen Satinzierstreifen und die Aufschläge, an die sandfarbenen Seidenwesten, aber wenn er an all diese nicht dachte, dann solle er wenigstens an seinen kecken, mit großer Sorge gepflegten Schnurrbart denken oder an die süße, kleine Marie. Franz war zu diesem Zeitpunkt dreiunddreißig Jahre alt.

Der in einen dicken Wollschall gehüllte Mann mit Lenin-Mütze tut sich fleißig um, der andere, der mit dem Zylinder, schaut sich eher nur um, mit einem Spazierstock in der Hand.

Als Folge der Unfälle, die in der Heldenzeit des Fliegens einer auf den anderen folgten, wuchs verständlicherweise das Interesse an Sicherheitsausstattungen. Man war der Meinung, man müsse der Gefahr nicht aus dem Weg gehen, sondern diese absichern. Und dafür schien der Fallschirm die passende Lösung zu sein, und Franz Reichelt arbeitete unermüdlich an dessen Perfektionierung. Nach zunächst offenen, planenartigen Gebilden rückte er mit dieser praktischen, wegpackbaren Variante heraus. *Kompakt, leicht zu handhaben, sicher,* so warb Franz dafür. Besser eine gute Promotion als eine unerwartete Emotion, witzelte Franz. Franz hatte einen prächtigen Humor, aber seine Frau hatte manchmal genug von demselben. Sie wünschte sich, aufs Land zu ziehen und Hühner zu halten. Sie hatte genug vom verrückten Paris, sie sehnte sich nach ein wenig Ruhe. *C'est tout.*

Die Temperaturen bewegen sich um die minus 7 Grad Celsius, von den Champs de Mars weht ein starker Wind.

8:22 schaut Franz, alias François Reichelt, der Fliegende Schneider, in Richtung Seine, mit einem Fuß auf dem Thonetstuhl, der auf dem Tischchen steht, mit dem anderen Fuß auf dem Geländer der unteren Aussichtsplattform, 57 Meter über der Erdoberfläche. Er zögert lange (ca. 40 Sekunden), man sieht seinen Atem, auf der Aufnahme pulsieren Chemie und Kratzspuren wie dichter Schneefall.

Ich muss nur die Arme ausbreiten und schon hat mich der frische Nordwind.

Man muss nur Vertrauen haben, man muss nur glauben.

Schließlich überwindet er sich, er springt.

A bientôt.

Der dunkle Stoff des Fallschirms flattert über ihm wie die Flügel eines schweren Vogels. Der Körper schlägt in der symmetrischen Mitte der Champs de Mars ein. Hier liegt er auf den Champs de Mars. An den Rändern, zu beiden Seiten, kahle Baumreihen, weiter innen bergspitzenförmige gestutzte Sträucher. Der in den gefrorenen, harten Boden einschlagende Körper löst eine Staubwolke aus. Ein reines Wunder, dass der Erdboden bei so einem Frost noch so viel Staub abgeben kann.

Laut eines Berichts von *Le Petit Parisien* hatte sein Herz schon während des Sprungs aufgehört zu schlagen. Das rechte Bein und der rechte Arm wurden zerschmettert, Kopf und Wirbelsäule gebrochen, aus Mund, Nase und Ohren strömte Blut. Laut *Le Figaro* waren seine weit aufgerissenen Augen von Schrecken erfüllt. Später können wir sehen, dass die Fans der Wissenschaft akkurat die Tiefe des durch den Aufprall entstandenen Lochs nachmessen, welche sich auf exakt 15 Zentimeter belief.

Im März 1912 – das hat Franz zum Glück nicht mehr erlebt – wurde das RK1-Patent für den ersten einpackbaren Fallschirm auf den Namen eines Russen namens Gleb Kotielnikow eingetragen. Im Frühjahr 1912 fährt Gleb auf dem Weg nach Zarskoje Selo in einem dunkelgrünen Automobil der Marke Russo-Balt mit Ledersitzen, er drückt das Gaspedal durch und öffnet dann den am Rücksitz festgemachten Fallschirm. Das Auto bremst, einem Wunder gleich, ab. *(Musik, Schampus.)*

Der schneidige Gleb (Hände in die Hüften gestemmt, lockere Körperhaltung) wird plötzlich reich (Frauen, Kartenspiel usw.) und lebt ganz gewiss glücklich (aber was ist Glück?), bis er im November 1944 stirbt. Es gibt Dinge, da hilft nicht einmal ein guter Fallschirm.

Dennoch, es ist das in der Kälte zögernde Gesicht von Franz Reichelt, an das wir uns immer erinnern werden.

A bientôt, Franz.

*

Sie hält die auf dem Handy abgespielte Aufnahme an und schaut sich über den Dächern um. Vom Glasdach des Nyugati-Bahnhofs eröffnet sich ihr eine prächtige Aussicht. Der Turm der Kirche auf dem Lehel-Platz hat sich gerade erst aus dem morgendlichen Nebel geschält, neben dem Marktplatz werden Gemüselaster entladen. Die Sonne taucht irgendwo hinter der Ferdinánd-Brücke auf, die ersten Strahlen blitzen scheu auf den Eisenbahnschienen und dem Glas der luftigen Bahnhofskuppel auf. Sie hatte diese Halle immer schon bewundert, sie hielt sie für schön, elegant, wie eine Dame von Welt, irgendwie hatte sie sich Paris so vorgestellt. Es hätte natürlich nicht geschadet, wenn man das Glas etwas öfter geputzt hätte. Sie zieht ihre Daunenjacke fröstelnd enger zusammen. Ihr fällt ein, dass sie diese zyklamenfarbene Jacke schon letztes Jahr wegwerfen wollte; der Reißverschluss klemmt, die Farbe ist hässlich. Der milde Morgenwind bläst ihr ins Gesicht. Sie wollte schon letztes Jahr hier hochkommen, um ein Foto zu machen, aber dann hatte sie nie Zeit, immer musste sie rennen. Doch nun, nachdem ihr am Tag zuvor der Chef im Fahrdienstleiterbüro gekündigt hatte, war genug Zeit. Es war genug Zeit, nachdem der Chef ihr mitgeteilt hatte, dass jemand, der in einer so verantwortungsvollen Position arbeitet, aber nicht aufmerksam ist, nicht Fahrdienstleiterin sein kann. Dabei war sie sogar sehr aufmerksam, niemand war aufmerksamer als sie, aber der Feri hatte ihr an jenem Abend eine Sprachnachricht auf dem Handy hinterlassen, er hatte nicht genug Mumm, ihr ins Gesicht zu sagen, dass er sie verlässt. Das grüne Licht an ihrem Handy blinkte, sie sah, dass sie eine Nachricht bekommen hatte, sie hörte sie schnell ab, es waren noch fünf Minuten bis zum Schnellzug am Abend. Und dann spielte sie die Nachricht immer und immer wieder ab, bis jemand ins Büro gerannt kam und zu brüllen anfing. Die Nacht zuvor hatte sie geträumt, dass sie die Sprachnachrichten auf ihrem Handy abspielt und eine Stimme sagt, *alles in Ordnung, morgen Unfall.* Deswegen war sie schon am Morgen, auf dem Weg zur Arbeit, sehr bedrückt, verlor immer wieder die Konzentration, hatte Kopfschmerzen. Mit Feri hatten sie besprochen, dass er nach seiner Schicht bei ihr vorbeikommt und sie Kartoffelpaprikasch essen und sich zusammen die Serie anschauen, und vielleicht würde Feri auch bei ihr übernachten, wenn es passt. Sie konnte sich nicht mehr erinnern, wann sich das so entwickelt hatte, vor einigen Wochen, vielleicht sogar schon vor einem Monat. Feri arbeitete immer in der anderen Schicht, wenn es trotzdem zustande kam, war er müde, erschöpft. Meistens schliefen sie tatsächlich nur nebeneinander, aber dagegen hatte sie nichts, wenigstens atmete einer neben ihr. Sie hatte nicht einmal was dagegen, dass Feri in Wahrheit nicht nur atmete, sondern schnarchte.

Sie erinnerte sich nicht mehr, wie sie aus dem Büro des Chefs herausgekommen war, da gab es mindestens zehn Minuten, an die sie sich nicht erinnerte. Auf einmal fand sie sich in der Halle neben den Gleisen wieder. Eine allmählich grau werdende Haarsträhne fiel ihr in die Stirn, das Atmen tat weh. Sie ging langsam durch die Halle, zog ihre Hand sanft über den Speisewagen des dort stehenden Zuges. Sie mochte die Speisewagen, die sich so gemütlich durch die Welt bewegten und in der Nacht heimelig beleuchtet waren. Sie ging auf die außenliegenden Gleise zu, an die frische Luft. Am Ende der Halle ging sie an der schmalen Eisenleiter vorbei, schaute hoch und stellte erneut fest, dass das Glas der Kuppel ziemlich schmutzig war, man müsste es endlich einmal putzen. In der Nacht tat sie kein Auge zu, nach dem Traum der letzten Nacht traute sie sich nicht einzuschlafen. Schließlich kletterte sie am frühen Morgen, damit sie keiner sah, noch vor Schichtbeginn auf die Kuppel hoch. Auf einmal hörte sie in der kühlen Stille dieses Frühjahrsmorgens die Vögel. Tagsüber konnte sie sie wegen des Verkehrs auf dem Ring und des Bahnhofs nie hören. Sie verlor sich in den Stimmen der Vögel, wie sie sich am Tag zuvor in der Stimme des Mannes verloren hatte. Nur noch einmal, dachte sie. Aber irgendwie brachte sie es nicht fertig, die Vogelstimmen mit der Stimme des Mannes zu unterbrechen. Die Nachricht konnte sie schon auswendig, dafür musste sie sie nicht nochmal hören; nur die Stimme, Feris tiefe, raue Stimme, die hätte sie noch einmal hören wollen, aber nun hörte sie doch lieber den Vögeln zu, das war jetzt stärker. Sie hörte ihnen zu, ihr Herz klopfte. Dann hob sie das Handy hoch und schoss ein Foto von den morgendlichen Dächern. Dann löschte sie Feri, kletterte hinunter und ging nach Hause.

[Manchmal ist es fast gar nicht mehr wahr.
 Manchmal fast doch.]

Gelb

Zum Tode von Gabriel García Márquez

Früh am Morgen kommt vom See her ein unerwartet starker, kühler Wind und lässt die Fensterläden klappern. Wenn er sich erhebt, wenn man vom Fenster aus sieht, dass sich das Wasser immer wütender kräuselt, fast schon echte Wellen schlägt, großspurig, als wäre der See ein Meer, erzeugt das eine leichte Beklemmung. So zeigt das Wasser Herannahendes an, Gutes wie Schlechtes, diese seine Fähigkeit wird aber nur für diejenigen offensichtlich, die fähig sind, dem Unvorhersehbaren gegenüber nachsichtig zu sein. Natürlich sind sie auch das nur aus Angst, denn sie sind echte Skeptiker: nicht bezüglich der Begrenztheit des Wissens anderer, sondern ihres eigenen.

Glauben Sie an Gott?, fragt Fermina Daza.

Nein, aber ich fürchte ihn, sagt Florentino Ariza.

Sie steckt den Kopf aus dem Fenster, um den losgelösten Fensterladen wieder festzumachen, als etwas auf ihre im Pyjama steckende Schulter fällt, von dem, wie sie plötzlich sehen muss, Tausende und Abertausende in der Luft kreisen. Die Sache ist die, dass gelbe Blumen aus dem Himmel fallen, daran gibt es nichts zu beschönigen, und als eine davon auf ihrer Schulter landet, überkommt sie das Gefühl, vollkommen verwaist zu sein, wie ein sich einschleichender Dieb. Als zwischen den gelben Blüten auch noch die gelben Schmetterlinge erscheinen, weiß sie schon, was ihr bevorsteht.

Die breiigen Tage der siebziger Jahre verbrachte sie zwischen den grauen, bröckelnden Mauern des nach dem einäugigen Dichter Kölcsey benannten Gymnasiums (heutzutage maskiert es sich in der Farbe einer Punschtorte, aber wir wissen, was wir wissen), und dort, in der hintersten Bank, genauer gesagt, unter der Bank, las sie fieberhaft in einem Buch, von dem sie ein so brutales Heimweh erfasste, dass sie sich bis heute an jenes scharfe, fast schneidende Gefühl erinnert, das sie damals wie ein Peitschenhieb traf. Sie las auf Ungarisch, obwohl das Buch auf Spanisch geschrieben worden war, sie versuchte, hinter dem Tonfall der fehlerlosen ungarischen Sätze das spanische Original herauszuhören, die Nuancen, die Intonationen, wie die Namen ausgesprochen werden, diese mythisch wiederholten Namen, die die Kreisform der Zeit, der Geschichte anzeigen, als wäre der Kalender der Maya in Form eines Romans zu neuem Leben erwacht, dessen Ikone nicht die Gerade, sondern die sich in den eigenen Schwanz beißende Schlange ist. Der Unterricht lief, Sinus, Cosinus (was mag das sein??), Doppelzwei, kommen Sie zur Tafel!, das war sie zum Glück nicht, sie hatte von dem in seiner Freizeit als freiwilliger Polizist tätigen Mathelehrer den Beinamen Rosi von der Reinigung bekommen, »Sie sind alle so blöd, dass Sie schon beinahe sympathisch wirken«, und es schien tatsächlich so, als würde er sie mögen für ihre flotten Ungezogenheiten, derer sich andere Klassen furchtsam enthielten, die hatten nämlich was zu verlieren, während man sie hier – die glorreiche Französischklasse – in Mathe von vornherein abgeschrieben hatte, und, zugegeben, abgesehen von ein, zwei Ausnahmen lag man damit gar nicht so sehr daneben. Eine dieser Ausnahmen flüsterte ihr während der Klassenarbeit die Lösung zu, aber wieso?!, fragte sie, nachdem sie sich, auch für sie selbst überraschend, anfing, dafür zu interessieren, und die Andere schaute nur, ihre Blicke töteten, Bistdubescheuert?, schreib's einfach hin und fertig.

Sie saugte die Sätze aus dem Buch unter der Bank ein, als hätte man sie an ein Beatmungsgerät angeschlossen, der Sauerstoff strömt, wird in die Lungen gepumpt, der ganze abgelagerte Schmutz wird hinausgespült, die Linien des Lachens, der Liebe, der Verliebtheit glänzen auf den Buchseiten und das Gefühl, dass es nie zu spät ist, oder es sowieso von Anfang an zu spät ist, und dann ist es egal, soll es tönen, hinaus in die Welt. Melancholische Lebensfreude entströmte den Seiten in einer noch nie gehörten Tonart, sie lachte erleichtert auf, was gibt es da hinten zu johlen, wir möchten gerne mitlachen, aber nein, das verrät sie ihm nicht, sie könnte es auch gar nicht, weil es unbeschreiblich ist, das heißt, nur einer könnte es, der nur mit *Gabriel* unterschrieb, wie eine Diva, oder eher wie ein Papst, ein Papst der Liebe, er liebte es zu singen, zu tanzen, manchmal bekam er es natürlich mit der Wut, manchmal verwickelte er sich auch in eine Schlägerei, ein gutaussehender Schriftstellerkollege gab ihm einmal so eins auf die Nase, dass er in den Staub fiel und wie ein Frosch liegen blieb, es war kein ästhetischer, sondern ein ideologischer Streit, du bist ein Kommunist, verdammt, da hast du!, aber um wie viel anständiger ist so ein lateinischer Schlag auf die Nase als jene steife, hinterhältige Erhabenheit, als hätte man ein Schwert verschluckt, jene humorlose Protzerei, die im literarischen Leben anderer Hemisphären üblich ist, getreu dem Prinzip, dass nur demonstrativer Ernst dazu geeignet sei, Ernsthaftes auszudrücken. Sie las unter der Bank im Buch, das Zeitrad saugte sie ein, sie drehte sich wie tausend Jahre graue, unauswaschbare Einsamkeit in der Waschmaschinentrommel, die anderen sahen aus dem Fenster, auf dem Hof spielen die aus der Zwölften Fußball, die Mädels sehen schmachtend den großen

Jungs hinterher, die Jungs sehen schmachtend dem Ball hinterher, es ist Frühling und sie verrotten hier drin, »Ich werfe doch keine Perlen vor die Säue!«, rief indigniert und zu Recht inzwischen bereits der Ungarischlehrer, Dostojewski traf momentan auf taube Ohren. Die Sätze strömten aus dem Buch geradewegs in ihren Schoß, sie dachte daran, oder nein, ein Gedanke war das nicht, nur ein Aufblitzen, dass, wenn so etwas möglich ist, noch nicht alles verloren ist, dann ist es egal, dass die Zeitungen lügen, das Fernsehen und auch die Schule, dann ist es egal, dass die Grenzen geschlossen sind, denn sie hat die Nordwestpassage gefunden und weiß, wie man in die Freiheit hinüberwechseln kann.

Nicht wie wir es erleben, sondern wie wir uns daran erinnern, um davon erzählen zu können. Jenseits des Sees gibt es ein Gletschermuseum und darin eine mehrere Millionen Jahre alte Steintafel, auf der sich Wellen kräuseln. So ist die Erinnerung an das Wasser; ein Urpolaroid. In seinen letzten Jahren litt Gabriel an Altersdemenz. Manchmal fielen ihm die grundlegendsten Dinge nicht ein, dann rief er seinen jüngeren Bruder an und fragte ihn. Zusehen, wie der Geist unserer Lieben ihren Glanz verliert. Wie haben wir nochmal zu Mama gesagt? Und was ist meine Lieblingsspeise? Und du, mein Kleiner, wer bist du? Aber vor allen Dingen, warum strömen gelbe Blumen aus dem Himmel und was ist dieses gelbe Schmetterlingsschwärmen?

Als sie die leicht vergilbten Seiten des Buchs öffnet, fliegen gelbe Schmetterlinge daraus empor. Und dann regnet es auch schon, es schüttet.

Niemand verdient deine Tränen, und wer sie verdient, wird dich nicht zum Weinen bringen.

Nun, denkt sie etwas unsicher, ich weiß nicht recht.

Er unterschrieb so: Gabriel.
 Kein Erzengel, doch.
 Kein Erzengel. Doch.

Tatortbegehung

Er erscheint aus dem Nichts, wie wenn an einer Straßenecke ein Messer gezogen wird. Verbreitet sich hinterhältig, unbemerkt über die morgendliche Alabaster-Ruhe ihrer Haut, ein purpurfarbener Verbreiter von Schreckensnachrichten. Mit einem Mal ist er da, wie ein Täter, der zwanghaft an den Ort seiner Tat zurückkehrt, um sich das mit Polizeiband abgesperrte Gebiet wieder zurückzuholen. Erst nichts, und dann ist er da, zeigt sich. Sie kippt das Müsli in eine mit hoppelnden Hasen verzierte bauchige Porzellanschüssel, holt die Milch aus dem Kühlschrank, schaut nach, ob sie noch nicht abgelaufen ist, nichts, schneidet das Obst, erst den Apfel, dann die Orange, schließlich, wie einen triumphalen Schlussakkord, die giftgrüne Kiwi, immer noch nichts, kratzt alles über das Müsli und holt den Honigtopf hervor und die glatt gedrechselte Holzspirale am Stiel, rammt sie in den dicken, goldenen Honig und lässt diesen über die Gesundheitsbombe laufen, lässt den Honig laufen, noch immer nichts, azurblauer Himmel, ruhige Fahrt, der Morgen gleitet mit gespannten, prallen Segeln durch die Gegenwart.

»Komm, Knochi, wir tragen die Kartons deiner Mutter in die Garage. Wenn Sperrmüll ist, suchen wir raus, was wir nicht mehr brauchen.« Ihren Kosenamen aus Kindertagen hört sie nur noch, wenn sie zu den Feiertagen nach Hause kommt. Sie hat schon so oft darum gebeten, dass er dieses Knochi sein lässt.

»Es geht mir auf die Nerven, kapierst du das?«

»Soll ich Mártika sagen? Keiner nennt dich hier so.«
»Reicht es nicht, dass ich darum bitte?«

»Der Name deiner Mutter ist besetzt«, sagt ihr Vater und packt mit seinen schaufelgroßen Händen einen Karton mit den Sachen der Mutter. Den Ärmel seines karierten Hemds hat er sich, wie üblich, bis zum Bizeps hochgekrempelt, in einen Ärmel, wie üblich, eine Packung Filtol geklemmt. Als er den schweren Karton anhebt, spannen sich die Muskeln in seinem Arm gegen die Karos. Er keucht wegen seinem Bauch, seinem Übergewicht, den zwei Packungen Zigaretten täglich, er schnappt nach Luft, er flucht. Auch eine Kalbsgeburt kann er nur mehr schwer leiten. Wie er so am Kälbchen zerrt, ist es, als würde ihm die Lunge platzen wollen. Gottverdammdich, komm endlich raus. – Soll ich die Zange holen, Herr Doktor? – Béluska, gottverdammt, hör mit dem Herr Doktor auf, nimm ein Bein und zieh!

»Bring den anderen Karton, und dann gehen wir noch einmal.«

»Wenn er besetzt ist, wieso habt ihr mich dann so genannt?«

Ihr Vater ist da schon draußen vor dem Haus, hört nicht, was die Knochi da vor sich hin murmelt.

Sie nimmt ein IKEA-Tablett mit Vogelmuster, stellt die Porzellanschale mit dem Hasenmuster drauf, holt einen kleinen Löffel aus der Schublade, nimmt die Milch, schüttet sie über den Haufen, Milch zurück, noch immer nichts, sie macht einen Kaffee, schaufelt fröhlichen kleinen Milchschaum obendrauf, das kommt auch auf das Tablett, hebt das Ganze hoch und trägt es zum Küchentisch am Fenster. Montagmorgen um sechs Uhr vierzig, ab drei viertel acht Sitzung im Lehrerzimmer. Man muss die Portfolios abliefern, aber keiner weiß, wie man sie zusammenstellen soll. Sie bekommen Ohrmarken wie die Rinder, das fiel ihr ein. Irgendwo wird darüber befunden, ob sie dafür geeignet sind, was sie schon ein Leben lang machen. Sie ist mit ihren acht Jahren ein Neuling, aber die Frau Pulszky unterrichtet zum Beispiel schon seit vierzig Jahren. Jetzt kommt heraus, ob es etwas wert ist, was die Frau Pulszky da macht. Wenn nicht, zurück auf Los, das wird auf der Überraschungskarte stehen. Surprise!, sagt dann die Frau Pulszky im Englischunterricht, ist das nicht interessant, Kinder? So ist eine fremde Sprache, man kann nie vorher wissen, was kommt, es ist immer eine Überraschung, immer fremd. Knochi schaut aus dem Fenster, Frühherbst, heute ist der Morgen schon angebrochen, sie war wieder zu spät dran. Pfff. Und noch immer gar nichts.

»Ich will die nicht in die Garage tragen.«

»Philosophier nicht so viel, Knochi, man kann kaum mehr treten wegen denen. Nimm einen und trag ihn raus!«

Der Wille ihres Vaters zieht einen, wie eine nie endende Flut die unachtsamen Schwimmer, immer weiter hinein, je mehr Widerstand du leistest, umso mehr zieht er dich hinein, sie haben gesehen, wie das geht, am Ozean, kletterten über die Riesendünen an der französischen Küste, Mutter, die Haupt-Márti, wollte einmal das Meer sehen, da konnte sie noch reisen. Vater wollte sie natürlich an die Adria bringen, weil die näher dran ist, gottverdammt, Mártika, ist die Adria gar kein Meer mehr für dich, fragte er, aber Mártika bestand auf den Ozean, sie sagte, der sei größer oder erhabener, sie kann sich nicht mehr erinnern, welches Wort sie benutzt hat, sie rührt den Milchschaum auf ihrem Kaffee ein wenig durcheinander, draußen weht ein kalter Wind, bunte Blätter treiben durch die Luft, und immer noch gar nichts. Sie brachen am frühen Morgen mit dem sieben Jahre alten Kombi auf, ein Citroën, im Grunde ein geschlossener Kastenwagen, hinten hatte er kein Fenster, man musste mithilfe der Rückspiegel fahren, Vater liebte ihn, weil er einfach alles hinten in den Wagen schmeißen konnte, wenn er einen Außentermin hatte, alles passte hervorragend hinein, die Arzttasche, die Seile, die Boxen mit den Injektionen, eventuell die Gartenutensilien, die Geräte für den Weinberg, sie hatten einen kleinen Weinberg auf dem Kakas-Hügel, aber laut Mártika war ihr Wein einer zum *Niederhocken*, die Nachbarn, sagte sie, gehen in der Hocke unterm Fenster vorbei, nicht, dass wir sie noch zum Verkosten hereinrufen!, und dazu lachte sie quiekend, Vater schnaubte erbost, von wegen zum Niederhocken, aber dann johlte auch er los, sie schlugen sich auf die Schenkel, der arme Béluska, der hat vielleicht wieder gereihert an Vaters Namenstag, sie feierten immer zusammen mit dem Praktikanten, und der Béluska kotzte immer und fiel um. Sie sahen, wie diese Flut-Sache funktionierte, sie gingen nicht ins Wasser, dafür war es zu respekteinflößend, sie saßen nur oben auf der Düne und sahen den abendlichen Badenden zu. Mártikas Augen glänzten, ihr Wunsch wurde erfüllt, aber Vater starrte nur vor sich hin ins Nichts, er ahnte bereits, was Weihnachten sein würde. Aber das ist jetzt auch schon zehn Jahre her.

Sie hebt einen Karton hoch, zwei sind noch da, und folgt ihrem Vater in die Garage, trägt Mártikas Sachen, oben in der Box, als Abdeckung, das schwarz-rot karierte Wolltuch, in dem ihre Mutter zu Hause herumsaß, als das Wetter kälter wurde, sie zog es fröstelnd um sich zusammen, wenn sie in die Küche hinausging oder ins Bad, ihr Mann drehte die Heizung runter, wenn er von zu Hause wegging, nur im Schlafzimmer war es noch warm, wo er für Mártika einen Ohrensessel hineingestellt hatte, damit sie dort sitzen konnte, lesen oder Sokol-Radio hören, dabei hätte Mártika, wenn es nach ihr gegangen wäre, lieber im hellen, geräumigen Wohnzimmer mit Blick zum Garten gesessen, aber das durchzuheizen war zu schwierig, du nicht, sagte ihre Mutter, du darfst deine Träume nicht aufgeben, das musst du mir versprechen, sagte sie zu ihr, du lass dich nicht unten halten, verstehst du, und sah sie mit ihren großen, braunen Augen an, lange, flehend, bis sie endlich ergeben nickte, in Ordnung, ich verspreche es, und sie sah, wie Mártika sich beruhigte und sich erleichtert im Ohrensessel zurückfallen ließ, in der Garage brannte auch immer nur eine Fünfundzwanziger-Birne, man musste sparen, was muss man in der Garage so viel sehen, du fährst mit dem Auto raus oder mit dem Mofa und das war's, sagte ihr Vater, als sie das an Ostern zur Sprache brachte, auch jetzt sieht sie kaum was im Halbdunkel, sie gewöhnt ihre Augen daran, dann endlich sieht sie die Umrisse des Mannes am anderen Ende der Garage, er kramt etwas, macht Platz, tritt eine Schubkarre beiseite und ihr altes, abgewracktes Fahrrad, das hätte man auch schon längst wegwerfen müssen, aber ihr Vater bewahrt es noch auf als Ersatz, für den Fall, dass sein eigenes kaputtgeht, ich kauf doch nicht alle naselang ein neues Rad, ich bin doch kein Krösus, Knochi, aber was ist ein Krösus, Vater, das ist einer, sagte Vater, der vor Geld stinkt, und sie versuchte sich auf dem Weg in den Kindergarten vorzustellen, wie einer riecht, der nach Geld stinkt, sie trug ihm den zweiten Karton hinterher, setzte vorsichtig einen Fuß vor den anderen im Halbdunkeln, dennoch knallte sie mit dem Schienbein gegen den Auspuff des Mofas, sie zischte, ging weiter, der Blitz soll in das Ganze hier fahren, aber das Mofa war noch das Geringste, sie pfefferte den Karton neben den anderen, beziehungsweise, wo sie den anderen vermutete, und da, das war circa vor drei Wochen, es gab etwas, woran sie sich routiniert nicht erinnerte, wie sie sich schon als Teenager nie daran erinnerte, sie hatte eine Technik dafür, die sie zur lückenlosen Perfektion weiterentwickelt hatte, aber nun, da sie sich an den Frühstückstisch setzt, fällt ihr schwerer Frottierbademantel auseinander, ein weicher, mit türkis- und bordeauxfarbenen Streifen bedruckter Stoff, der Hitze abgibt wie ein Ofen, und wie sie nach unten schaut, sieht sie ihre nackten Schenkel, ihr perlmuttfarbenes Fleisch von einem purpurschwarzen Fleck, einer Einblutung verschandelt, nicht am Schienbein, das sie am Auspuff des Mofas gestoßen hatte, und auch nicht oben auf dem Schenkel, sondern auf der Innenseite, genauer gesagt auf der Innenseite des rechten Schenkels, zeigt sich plötzlich dort, am Tatort, ihr fällt die Sogwirkung der Flut ein und die Felsspalte, in der die Gischt strudelte, ein fast handtellergroßer, unheilverkündend lilafarbener Fleck, sie versteht nicht, wie er plötzlich dahin gekommen ist und wie es sein kann, dass sie ihn bis dahin nicht bemerkt hat, wenn er doch so groß ist, nur das Rennen, das blitzt in ihr auf, das erschrockene Tapsen im Halbdunkeln, das Rennen dorthin, wo sie den Ausgang vermutete, draußen war es ganz dunkel geworden, um diese Zeit im Herbst wird es schon um fünf dunkel, es gab keine Helligkeit, die sie geleitet hätte, nur ihre Instinkte trieben sie Richtung Ausgang, hinaus, ins Freie, sie rannte Richtung Bahnhof, sie erreichte knapp den Abendschnellzug, aber eine Fahrkarte hatte sie natürlich nicht, das breite Lächeln von Jóska, dem Schaffner, macht nichts, Knochi, du gibst es mir zurück, wenn du das nächste Mal kommst, aber sie sagte Jóska nicht, dass es kein nächstes Mal geben würde und dass sie Márta heißt, nicht Knochi, und wie sie diesen sich in das Weiß ihres Schenkels drängenden Bluterguss ansieht, schließt sich ihr Herz wie die Tür in der Metro, sie zieht den Morgenmantel zusammen, isst das Müsli auf, trinkt den Kaffee aus und läuft schnell ins Bad. Die Frau Pulszky thront bestimmt schon im Lehrerzimmer und stiert immerzu auf ihre Uhr, weil schon wieder alle zu spät sind.

Viva a r.....a!

Jeder hat sein eigenes Urkino.

Für Péter Lengyel

Sie steht in der Mitte der Riesenbühne hinter einem zu hoch eingestellten Mikrofon und schaut sich um wie jemand, der Zeit hat. Wie jemand, den man nur deswegen auf diese riesige Bühne hinausgeschubst hat, damit er dort herumsteht, sich umschaut mit offenem Mund. Sie sagt noch nichts, denn vom Anblick hat sie plötzlich die Sprache verlassen. Für das hier fehlen ihr die Worte. So etwas hat sie noch nie. Darüber gelesen, ja, aber dringestanden bis zum Bund noch nicht. Sie hält sich am handbestickten Trachtenrock mit Matyó-Muster fest, um den Stoff der Wirklichkeit in der Handfläche zu spüren und um den Schweiß abzuwischen. Ihr rotbraunes Haar ist in zwei Zöpfe geflochten, vom Scheitel an ihrem Hinterkopf macht sich ein Schweißtropfen auf den Weg, fließt über den Nacken, unter die Bluse und das Mieder, und der nächste folgt ihm gleich nach. Wie viele mögen das sein, wie viele Menschen passen in so ein Stadion? Was ist der treffende Ausdruck für so eine riesige, tobend zusammen feiernde Menschenmenge? Was, wenn es nicht um ein Fußballspiel geht (Torfreude), und was, wenn es sich nicht im Entferntesten um einen Rockstar handelt (Partyfieber), sondern um eine Gymnasiastin der elften Klasse aus Budapest, die 1975 dort in Lissabon allein auf der Bühne eines Sportstadions steht, in Flutlicht schwimmend? Und was wäre das geeignete Wort für jenen kleinen Schlag in die Magengegend, dessen häufigstes Vorkommen bei frisch Verliebten zu beobachten ist? Umsonst weiß sie, dass die Menge nicht ihr persönlich haufenweise rote Nelken zuwirft und sich nicht über ihre Person so sehr freut, sie schreien nicht ihretwegen vor Glück, aus voller Kehle, sondern aus Freude über die Freude, dass außer ihrer Stimme auch das seit sechsundvierzig Jahren in ihnen steckengebliebene, in ihnen versteinerte Elend endlich hervorbrechen kann – dennoch.

Es fühlt sich gut an, darüber nachzudenken, und sei es nur für den Bruchteil einer Sekunde, was wäre, wenn es doch ihretwegen, für sie wäre, Träume einer Gymnasiastin. Ein Jahr zuvor (von heute aus gesehen vor genau vierzig Jahren) fiel das Salazar-Regime, und diese Menschen durften erst vor wenigen Monaten ihre ersten freien Wahlen abhalten. Sie zeigen sich, *siehst du, wir waren doch am Leben*, trotz der vielen *anni miserabiles*, jetzt sind wir hier.

Die Lage war so, dass nach dem Salazar'schen »weichen Faschismus« ausgerechnet die Volkstanzgruppe der Gewerkschaft der Eisenverarbeitenden Industrie die Erste war, die aus einem befreundeten Land zum Kulturaustausch gekommen war, und sie, ausgerechnet sie ihre Dolmetscherin war, eine durch Cortez und Montezuma zurückgelassene, erschrockene kleine Malinche. Sie schaut sich die im Freudentaumel schwelgenden, glücklichen, schönen Gesichter an, die erhobenen Fäuste, hier und da wird *Grândola, Vila Morena* angestimmt, *terra daaa fraternida-ade*, rollende Tränen zerstören die Schminke, keiner da, der hülfe, nur sie ist da, und sie müsste jetzt ins Mikrofon sagen, liebes portugiesisches Volk, wir bringen euch freundschaftliche Grüße aus Ungarn, wir sind auf eurer Seite, es lebe die Freiheit, die Gleichheit, die Solidarität, solche Worte müsste sie in jener anderen Sprache sagen, aber wo sollte sie solche Worte hernehmen, *was da ist, ist offiziell,* fällt ihr neununddreißig Jahre später ein, aber dort, damals kam ihr nicht das in den Sinn, sondern blitzartig sämtliche bleigrau angestrichenen Tage des Jahrzehnts, das alle Tage andauernde *böse Juju,* die grauen Anzüge, die Turmfrisuren der Kassiererinnen, der bleierne Nebel, der im Winter über der Stadt sitzt, die auf Schulfesten, in Zeitungen, im Fernsehen verschmierten, bedeutungslosen Worte, das alles überziehende Netz einer bedeutungslosen Sprache, die fieberrosigen Symptome einer kleinteiligen Unterdrückung, die schwelende, mit der Hand nicht mehr greifbare, aber spürbare Angst – *ich könnte ewig so fortfahren.* Und wo hatten sie je ein Kolonialreich, Afrika, Asien, ein Heer von Sklaven, wo hatten sie die mit Schande vermischte Gloire alter Zeiten, wo hatten sie die Entdeckung Amerikas (überhaupt: wo war Amerika?!), und vor allem, wo hatten sie denn ein Meer, wo man, wenn es ein Problem gibt, an den Strand gehen kann und aufs Wasser schauen, wie es die braven Eingeborenen tun, damit sie spüren, wie die ewige *Saudade* ihre Seele durchdringt, die ewige Melancholie von Fernweh und Verlust, und wo hätten sie, dachte sie, als sie in das in Freude schwelgende Stadion sah, wo hätten sie so ein Glücksgefühl, und da fiel ihr endlich der geeignete Ausdruck ein, nach dem sie bis dahin gesucht hatte, wo hätten sie das Glück einer erfolgreichen Revolution, wo hätten sie die Kanonenrohre der auf dem Largo do Carmo in einer Reihe aufgestellten Panzer, die auf jenen Palast ausgerichtet waren, in dem sich der Ministerpräsident versteckt hielt, der begehrt hatte, selbst die winzigsten Angelegenheiten des Landes alleine, mit seiner persönlichen Unterschrift zu regeln *(was für eine unheimliche Aufgabe, sich in alles einzumischen ... allein schon die schiere Masse der Dinge!),* und wo hätten sie die Würde des Doch-nicht-Schießens, die ruhige, stolze Überwindung, und da konnte sie natürlich noch nicht ahnen, dass kaum anderthalb Jahrzehnte später auch sie doch noch etwas Ähnliches haben würden, denn die Augen derjenigen, die sich an jenem Platz versammeln würden, würden genauso strahlen, und die Liebe, ja, das ist auch ein gutes Wort, die Liebe füreinander würde sich genauso in Wellen ausbreiten, diese Liebe, die quasi schon am nächsten Tag verschwunden sein würde wie ein mit Poststift ausschattierter Agentenname, aber all das konnte sie da noch nicht wissen, sie spürte nur plötzlich, dass sie in Matyó-Tracht auf der Stadionbühne einer fremden Stadt stand und sich bereit machte, Worte auszusprechen, die dieser freundlichen, stolzen, sie an ihre Brust drückenden Menschen unwürdig waren, mehr noch, auch unwürdig derer waren, die sich bereit machten, ihr Programm aufzuführen, jenen verspielten und gut gelaunten jungen Tänzern, von denen viele kaum älter als sie waren, Pisti, Zotyó, Kata, Öcsi, Ágica und die anderen, und da trat sie etwas näher an den Mikrofonständer heran, richtete das Mikrofon zu ihrem Mund aus, räusperte sich ein wenig und sagte in die zähe, stickige Luft des Stadions hinein, wir bringen euch die liebevollen Grüße des ungarischen Volks, und die erste Nummer wird ein Tanz mit dem Namen *csűrdöngölő* sein, ja, so sagen wir es: csűr-dön-gö-lő, das kann man nicht wirklich übersetzen, beziehungsweise, wenn man will, es gab die *csűr* (schnell: wie sagt man »Scheune« auf Portugiesisch??) und der Erdboden dieser Scheune musste festgestampft werden, und dieser Tanz sieht also so aus wie dieses Feststampfen, als würden sie das gerade machen, bei uns ist das ein sehr berühmter Tanz, bitte nehmt es als unser Geschenk an, mit Liebe von uns für euch.

Ein Regen aus roten Nelken ging auf sie nieder, und im tosenden Applaus und in den Hurrarufen konnte sie nicht hören, wie Onkel Feri aus der Seitenbühne aufgeregt winkte und schrie, komm schnell runter, Kleine, damit die Jungs rauskönnen in den Applaus.

Hôtel de l'Univers

Wer hätte nicht sein Sansibar, sein Bombay, sein Peking, sein Patagonien, egal, Hauptsache, weit weg. Proletarier aller Länder, Sansibar. Veronika starrt aus dem Hotelzimmerfenster. Es regnet ohne Unterlass, für die Jahreszeit ist es unheilvoll warm. Es wird keinen Trost geben. Sonst schneit es Ende Dezember ordentlich, auf den in Form geschnittenen Buxbäumen des Jardin du Luxembourg wachsen hübsche Schneemützen, die der Obhut farbiger Nannys überlassenen schneeweißen Kinder bewerfen sich mit Schneebällen und bauen Schneemänner, die Nannys lachen glücklich im wunderbaren Schneefall, strecken verspielt die Zunge heraus und lassen zu, dass größere Flocken kühl auf ihr schmelzen. Und jetzt das. Trostloser, bleierner Regen. Sie schaut auf accuweather.com nach, wonach in Budapest dieselbe Lage herrscht. Das wird ein schönes Weihnachten. Sie werden um den Baum herum sitzen, Jancsika wird aufgeregt seine Geschenke auspacken und sie werden ihm dabei zusehen. Ihr Mann wird die überall herumliegenden Geschenkverpackungen aufheben, akkurat glatt streichen und zusammenfalten, wie immer. Sie haben schon eine ganze Sammlung an wiederverwendbarem Geschenkpapier. Andererseits, wer übergibt schon ein Geschenk, dem man ansieht, dass das Papier nicht neu ist.

Sie drückt die Leertaste, auf dem dunkel gewordenen Monitor erscheint wieder das Foto. Der arme kleine Arthur. Wer könnte ihm vorwerfen, dass er genug hatte von dieser erbärmlichen Wirtschaft, dieser Ellbogengesellschaft, dem Geschubse, der dummen Protzerei. Ein ehrenwertes, bürgerliches Leben, Kinder zeugen, literarische Lorbeeren, *tout ça*. Man fragt ihn nach seiner Meinung zu diesem und jenem und er verkündet sie oder auch nicht, ein geschickter kleiner Floh aus dem tagesaktuellen Zirkus, der in Wahrheit keine Ahnung von nichts hat, am wenigstens davon, wer er eigentlich sei. Da soll man ihn doch lieber erschießen. Und tatsächlich, sein kleiner, böser Plan gelingt fast. Mal bespricht er den Lauf von Verlaines Revolver, mal seinen tobenden Geliebten mit seinem verwundeten Herz, na, komm schon, verdammt noch mal, erschieß mich doch, und der schießt außer sich vor Wut. Wenn dieser verdammte Unglücksrabe nicht nur Arthurs linkes, sondern auch sein rechtes Handgelenk zerschossen hätte, hätte dieser noch nicht einmal seine fiebrigen afrikanischen Briefe schreiben können. Obwohl er das Blei dann vielleicht in den Mund genommen hätte. Oder an seinen Schwanz gebunden. Der unerbittliche Einfallsreichtum der Dämonen. Doch nun scheint Arthur nicht im imaginären Sansibar und auch nicht in Bombay auf, sondern auf ihrem Laptopbildschirm, auf einer wer weiß wo ausgegrabenen Fotografie. Sie zoomt wieder auf den Kopf des jungen Mannes. Unter den verwaschenen afrikanischen Bildern ist diese Aufnahme zweifellos die bisher schärfste. Auf den sehr viel später in Abessinien eigenhändig aufgenommenen Bildern blickt ein bis auf die Knochen abgemagerter Sträfling mit wirrem Blick in die Kamera. Wie ein verschmierter Käfer auf einer mit Kokainstreifen übersäten Glasplatte. Obwohl es sein Körper ist, der eine Spur hinterlässt, vergeht die Zeit bereits ohne ihn.

Wofür, für wen machte er diese Erinnerungsbilder? *Souvenir.* War es nicht schon egal? Was wollte er damit beweisen, wem

wollte er sie schicken? Mesdames et Messieurs, eine Jahreszeit in der Hölle, dritter Aufzug, kommen Sie nur, kommen Sie! Was für ein Publikum hat er für sich jenseits des Orchestergrabens imaginiert? Ihr Gesicht konnte er nicht sehen, das Blitzlicht blendete ihn. Doch nun saß hier ohne jeden Zweifel – ohne jeden Zweifel? – in Gesellschaft von sechs weiteren Personen Arthur Rimbaud in seinen Zwanzigern vor ihr, gekleidet in einen hellen Anzug auf der Arkadenterrasse des Hôtel de l'Univers in Aden im frühen August 1880. Plötzlich war es aus dem Nichts aufgetaucht, das verschwundene, verlorene Kind; es hat sich zu einem gegerbten Kaffee- und Waffenhändler ausgewachsen und nein, man kann ihn nicht mehr übers Ohr hauen. Er dreht jeden Heller *(sous)* um, sein Geld wird trotzdem nicht mehr. »Jahr und Jahr vergeht und ich kann nichts zusammenkratzen.« Aden, 15. Januar 1885. Hja, nun. Und das sagt nicht sie, Dr. Veronika Cziegler, sondern das Forschungsobjekt selbst. Und dieses nörgelt, schiebt Panik, wie es ihm gefällt, tobt, die Welt gehört ihm. Sie und ihre Kollegen zerpflücken von ihrer Seite akkurat die Traumata des Kindes, drehen und wenden sie, analysieren, vergleichen, systematisieren sie, pinnen sie mit Stecknadeln auf Kartons und archivieren sie. Die Taxonomie des Wahnsinns, wie sie Raum

greift und infiziert. Wegen der Warmfront hat er schon seit dem Morgen Kopfschmerzen. Der Junge beklagt sich ständig, die Geschäfte laufen nicht, er wird nicht reich genug, und wenn er sich noch so anstrengt. Veronika weiß ganz genau, wovon der kleine Arthur da redet. Den im Übrigen dort in jenem fernen Bezirk jeder kennt, wie auch er zwischen Aden und Harar einen jeden wie seine eigene von Blasen übersäte Handfläche kennt. Sie flüstern einander ins Ohr, es lohnt sich nicht, sich mit ihm anzulegen, lass ihn, Kumpel, er ist Sundance Kid, dem man seinen Butch Cassidy weggeschossen hat. Man hat schon jeden neben ihm erschossen, er ist als Einziger noch da und er hat keine gute Laune.

Er schleppt sein krankes Gedärm durch die Gegend, holt und bringt die ausgemusterten, rostigen Karabiner für den nervenfiebrigen König Menelik. Wer außer ihm könnte dem diesen Haufen Eisenschrott aufschwatzen. Wer könnte ertragen, dass Menelik, der nicht faul war, ein Fernsprechzentrum mitten in Addis Abeba errichten zu lassen!, ihm ständig hinterhertelefoniert. Wo bleibt die Lieferung, Rembolein, letztes Mal hast du auch nur einen Haufen Dreck gebracht, versuch das nicht noch einmal, hörst du?! Hörst du mich?? Den Jungen kann nur die Krankheit von den Beinen holen, erst der Typhus, dann diese Knie-Sache. Was für eine Scheiße ist das, denkt Arthur. Er kann noch so oft Umschläge mit Heilkräutern vom Markt in Addis Abeba drauflegen, es wird immer nur dicker. Sein rechtes Knie schmerzt immerzu, so kann man nicht arbeiten, wie soll er so die Lieferungen überprüfen? Wer soll tagelang marschieren im *unablässigen Gleißen* über staubige, öde Wege? Wer scheißt nicht auf die Dichtung?!, wirft er irgendeinem Schreiberling aus Marseille zu, bevor er das Schiff besteigt. Veronika fällt das Wort ein, das Arthur auf die Frage hin ausspuckte, warum er aufgehört habe – weil es *dégoûtant* war. So. Veronika ist von Freude erfüllt, dass das in ihrer eigenen Sprache fast sogar besser ist; *ocsmányság*, schon der Klang ist ekelerregend. Und es ist auch *dégoûtant,* was sie vorhat. Es gibt keine Entschuldigung dafür, keine Buße, sie kann sich deswegen nicht ein Bein abschneiden lassen. Sie kann sich das Herz nicht mit einem Opfermesser herausschneiden lassen, und sie kann es nicht auf dem zischenden Stein einer Maya-Pyramide für ein Opferritual darbieten. Nein. Sie schneidet einen Teil des vergrößerten Gesichts aus, mein süßer Engel, du kleiner Schnurrbart. Aber nein, so ist das nicht genau. Alles zusammengenommen ist es *dégoûtant*, dass sie, Dr. Veronika Cziegler, eine europaweit bekannte Kennerin der französischen Literatur, im Vollbesitz ihrer geistigen Kräfte ihre Umgebung und sich selbst mit betrügerischer Absicht glauben ließ, dass sie noch lebt. Und der sachkundigste Kenner dieses Umstands ist nicht sie und auch nicht ihr Mann, Dr. Barna Kelemen, Proteinforscher, sondern der Jancsika. Der Jancsika weiß, dass sie die ganze Zeit nur so tut. Jancsikas forschender, allwissender, frühreifer Blick, seine traurigen, schwarzen Hundeaugen. Na, das ist *dégoûtant*. Dann lieber der verrückte König Menelik. Dann lieber der in heißer Luft wirbelnde Staub,

die Kristalle in den Falten deiner Kleidung, in deinen wunden Schuhen, deinen abgewetzten Poren, dann lieber die spröden, schorfigen Lippen, die sich infizierenden Wunden. Daran denkt Arthur, denkt Veronika, auf der Terrasse des Hôtel de l'Univers, im August 1880. Wieder vergrößert sie den Kopf. Obwohl er hier eher so aussieht, als würde er an nicht wirklich etwas denken. Und als ob dieses »nicht wirklich etwas« einen Hauch verwackelt wäre.

Sie hört ihr Blut rauschen, den Wind in den Dünen, das furchtsame Rasseln der aufgeschreckten Klapperschlange im Sand, sie hört die immer und immer wieder aufklingende Erzählung, das Es-war-so-und-so-Märchen, immer gleich, unbeirrbar, mit immer dem gleichen kühlen Ende; Ebbe kommt, Flut kommt, Jahreszeiten kommen, der unentfernbare Fleck aus Sternenstaub auf ihrer Kleidung kommt, der verräterische Fleck des Hierseins im Licht, der verwaschene Fleck des Lebens vor dem Tode, wie er nach und nach aus der Dunkelheit auftaucht, ein blasses Dämmern in der langsam sich auflösenden grauen Masse; eine starke Lichtquelle blitzt auf, Annäherung oder Entfernung, nicht zu entscheiden, sie hört das Licht quasi nur, nimmt es per Hautatmung in sich auf; sie will nicht hinsehen, sie sieht ihn nur; wenn sie daran denkt, verflüchtigt es sich, wenn sie es will, leistet es Widerstand. Sie soll nicht wollen. Sie soll für Lichtjahre zurückfallen in das strudelnde Nichts, sie soll sich gegen ihr Schicksal lehnen, gegen den kühlen Luftzug der in den bodenlosen Brunnen fallenden Sterne, der Staubwolke, die ihre nie aufgezeichneten Worte aufgewirbelt haben, sie soll ihnen hinterherschauen, wie sie in der Wegbiegung verschwinden, und dann soll sie sich auf den Moment der gehaltenen Exposition hinauflegen und so tun, als würde sie nichts wissen, als würde sie nicht wissen, dass, als, dass das der – und dann.

*

Die Kollegen beeilten sich im Sommer 2010 kundzutun, dass das Foto, das im Frühjahr im Salon der Pariser Buchhändler vorgestellt worden war, keine Fälschung sei. Das französische Volk ist im Freudentaumel, die Branche feiert, das gequälte Herz eines jeden Rimbaudologen glüht auf. Also gibt es noch Hoffnung, der Junge ist da, und schaut, er ist vom Kind zum Manne geworden. Hier ist er, das wolltet ihr doch. Das verdorbene kleine Kind mit dem Engelsgesicht zeigt endlich sein ausgebranntes Erwachsenengesicht. Das bisher schärfste Bild.

Obwohl es, wie Frau Dr. Cziegler feststellt, einen Hauch verwackelt ist. Aber welches Porträt würde einem anderen nicht ähnlich sein, wenn der Blick es so will. Zauberisches, trügerisches Licht. Oder lasst uns offen reden: *be*trügerisch. In jedem Bild ist das kurze Zucken eines Willens zu sehen.

Die zu dieser Gelegenheit einberufene internationale Expertenkommission kommt feierlich zusammen, Fahnenappell *sans Marseillaise*, das Literaturwissenschaftliche Institut Budapest wird vertreten durch ihre Expertin für französische Literatur, Dr. Veronika Cziegler, Mitglied der französischen Ehrenlegion. *Légion d'honneur*. Die besondere Tragweite des Ereignisses lässt sich daran ablesen, dass sie diesmal bereit waren, auch Ausländer daran teilnehmen zu lassen. Obwohl die besondere Tragweite des Ereignisses auch dadurch hätte angezeigt werden können, dass sie *keine* Ausländer einbeziehen, wie zu anderen, zahlreichen Gelegenheiten bereits geschehen. Doch nun wurden sie von der leidenschaftlichen Sehnsucht nach gesichertem Wissen ergriffen. Wer wollte ihnen deswegen Vorwürfe machen, wer wurde noch nicht von Leidenschaft erfasst. Sie sind eingebrochen: statt *honneur* und *gloire*

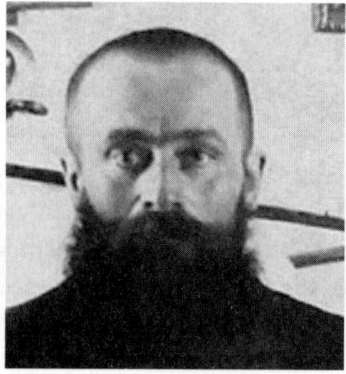

interessiert sie nur noch der Junge, nur ihn wollen sie. Alles andere zählt nicht.

Die Aufnahme ist also ohne jeden Zweifel echt, die Aufgabe besteht nur noch darin, die Identität der anderen Personen des Gruppenbilds zu klären. Sowie, ob laut der Dokumente ihre Anwesenheit im August 1880 unter den Arkaden der Terrasse des Hôtel de l'Univers überhaupt nachweisbar ist und ob ihre Anwesenheit zweifelsfrei mit der Arthurs im Moment der Aufnahme verbunden werden kann, der laut seiner bis jetzt bekannten Briefe erst zu diesem und zu keinem früheren Zeitpunkt in Aden eingetroffen war, das heißt, eine frühere Anwesenheit seinerseits ist ausgeschlossen. Nun. Wenn man damit fertig ist, müsste man nur noch klären, ob dieses eine Mitglied des Gruppenbilds, der mit leerem Blick, gleichgültig in der hinteren Reihe sitzende junge Mann, tatsächlich ihr Arthur ist. Wie jeder engagierte Experte, empfand auch Veronika dieses Kind als ihr eigenes. Dass es ihre Aufgabe sei und ihre allein, ihn aus der laokoonschen Umarmung einer falschen Erinnerung zu befreien, nur auf sie kann er zählen, darauf, dass sie ihn wie eine gute Mutter vor verlogenen Mutmaßungen bewahrt, vor egoistischen Fieberträumen, vor dem krankhaften Mythenhunger der unbefriedigten Gemeinde.

Armer, kleiner Arthur. Wenn er wüsste, dass er mit ihr schon wieder auf das falsche Pferd gesetzt hat. (»Vergebens, ich habe kein Glück!...« Marseille, 17. Juni 1891) Die dunklen Pferde machen aber manchmal unerwartet das Rennen. Am Abend vor ihrer Abreise mustert der sechsjährige Jancsika mit misstrauischem Blick das Gesicht seiner Mutter. Aber du kommst doch zurück, oder, Mama? Die Bronchien in den Lungen der Mutter fühlen sich an, als könnten sie sich nur zur Hälfte mit

Luft füllen. Erzähl keinen Blödsinn, Jancsika, zu Weihnachten bin ich längst wieder da. Bringst du ein Geschenk mit? Geschenke bringt das Christkind, Jancsika. Jesuschristus, erschieß mich einer! Gut, sagt Jancsika, wie ein geduldiger Hausarzt, aber du bring auch welche mit, Mama.

Bouche d'ombre, Schattenhöhle, Mund der Dunkelheit ist dein Name. Seine Mutter spricht zu ihm, und während ihre Worte wie dunkle Skorpione aus ihrem Mund fallen, hält ihr Sohn wie einen Achilles-Schild das lautlos wiederholte Mantra vor sich, du dunkle Höhle, du zugige Spalte, aus der immer nur eisiger Wind heult, schallallalla, rede nur, ich höre nichts, nichts, nichts, nichts. *Rien de tout.* Ich, Arthur, gehe nach Afrika, nach Indien, auf die stachelrückigen Galapagosinseln, in den nach Schwefel stinkenden Arsch der Hölle, in den neunten Kreis der Hölle, Hauptsache, ich höre dich nicht, schwachköpfig bist du, eine heiligtuende, trockene Fotze, unser Vater, der frohgemute Frédéric, der Besseres verdient hätte, hielt es auch nicht neben dir aus, ließ seinen verwaisten Schwanz im Zappendustern mit geschlossenen Augen in dich gleiten, bevor er sich wieder umdrehte, zurück auf die Krim oder nach Sardinien, egal wohin, seine Truppen standen im Kampf, lieber Krieg, lieber die sich in seine Brust bohrende Kugel, die eiternden Wunden, die Läuse, die Ratten, die Kriegsgefangenschaft, die Syphilis, lieber der Tod als dieser grindige Muttermund, dieses alles verschlingende dunkle Loch, rede du nur, rede nur. Du nennst dich Witwe, *la veuve Rimbaud,* dabei wurdest du nur schändlich verlassen, und unser Vater lügt auch, er sei Witwer, wiederholt das zwischen den Dünen von Algier, ich bin ein Witwer, ein armer, einsamer Witwer, als würden die Beduinenfrauen nicht drauf scheißen, ob die Frau des Kapitäns Frédéric Rimbaud irgendwo auf einem fernen Kontinent lebt oder stirbt, wen interessiert schon Marie Catherine Vitalie Cuif, die schon Witwe war, als sie zwischen den Beinen ihrer Mutter herausplumpste, bei jedem einzelnen Fronturlaub machst du ihr akkurat ein Kind, eins, Jean Nicholas Frédéric, zwei, das war ich, Jean Nicholas Arthur, dann noch drei Mädchen, wer erinnert sich schon an ihre Namen, bei keiner Geburt und keiner Taufe warst du Zeuge, du hast mich nicht unter das Taufwasser gehalten, du hast mir nicht die Bibel in die Hand gegeben und auch keine Zinnsoldaten, du hast dich aus dem Staub gemacht, hast deinen Schwanz im Wasser des Brunnens gewaschen, das von einer Eismembran überzogen war, und hast die Fliege gemacht, du wolltest nie was von uns wissen, wer wollte dir dafür Vorwürfe machen, Vater, wenn du fortgingst, jaulten dir deine Wolfshunde tage- und nächtelang hinterher, als würden sie gehäutet, wir schliefen nicht, ihr klägliches Rufen und Winseln erfüllte die pechschwarze Nacht von Charleville, Vater, verrotte doch, weil du mich hiergelassen hast, warum hast du mich nicht mitgenommen, ich wäre dein Domestike gewesen, dein Waffenträger, der dir die Nutten auftreibt, hättest du mich nur nicht zurückgelassen, damit ich in diesem verlausten Drecksnest vor mich hin modere, ich hasse dich, Vater, und du rede nur, rede nur, ich höre nicht, was du sagst, schallalla, *bouche d'ombre*, du bist nicht meine Mutter, da kannst du mich noch so sehr hundert und mehr lateinische Verse auswendig lernen lassen, da kannst du mir noch so oft kein Abendessen geben, wenn ich einen Fehler mache, was hast du dir davon erhofft, dass ich berühmt werde, und du wirst dann die Mutter eines berühmten Mannes, was wolltest du von mir, du Unglückliche, du schwarzes Loch, was wolltest du aus mir machen, einen anständigen kleinen Beamten, hier, Mamachen, hast du mein Gehalt, ja?, das hattest du für mich vorgesehen, deswegen hast du mich mal in diese, mal in jene lausige Schule einschreiben lassen, damit ich nicht so ein Dummbrot bleibe wie die anderen kleinen Arschgeigen von Charleville, deswegen hast du mich vor allen gedemütigt, deswegen hast du mich auch noch mit fünfzehn von der Schule nach Hause begleitet, damit ich auf dem Weg nach Hause nicht überall herumstreune, damit ich meine Hausaufgaben mache und sämtliche stumpfsinnigen Preise gewinne, die sie sich mit ihren abgestandenen Gehirnen nur ausdenken konnten, damit ich kein Dividendenparasit werde und kein Lederstrumpf, damit ich derjenige werde, der die Überfahrt garantiert, das hat ja fein geklappt, nicht wahr, Mutter, nicht wahr, Marie Catherine Vitalie Cuif, *la veuve Rimbaud,* bei der Stadt Harar, außerhalb der Mauern hinkend, mit dem Gesicht zur Wüste, jetzt bin auch ich endlich dein Witwer, Mutter.

Noch im Laufe des Frühjahrs begannen die Spekulationen hinsichtlich der Identität der einzelnen Personen im Gruppenbild wie auch über die alles entscheidende Frage, in welchem Jahr genau die Aufnahme entstanden sei: 1879, wie einige behaupteten, obwohl Arthur sich da, wie allgemein bekannt, noch nicht in Aden aufhielt, er traf erst Anfang August des nächsten Jahres ein, demzufolge konnte er Ende 79 nicht gleichgültig, wenn nicht sogar vollkommen ausgebrannt auf der Terrasse des Hôtel de l'Univers sitzen, oder, wie es das andere Lager glaubte, im August 1880, als er krank, abgemagert und erschöpft sehr wohl anwesend war. Letzterer Hypothese schien die mutmaßliche Identität von einigen der anderen Personen auf dem Bild zu widersprechen, die sich, wie man das aus den zur Verfügung stehenden Briefwechseln entnehmen kann, zu dieser Zeit vermutlich nicht in Aden aufgehalten hatten – vorausgesetzt, aber nicht erlaubt, dass die mutmaßliche Identität dieser Personen deckungsgleich mit der tatsächlichen Anwesenheit

der vor der Kamera stehenden Personen ist. Nun denn. Vorwärts, man muss nur wollen, *croyez l'impossible*.

Die sich bemühten, die äußerlichen, anthropologischen Merkmale der zweifellos ebenfalls abgebildeten anderen Personen auf dem Foto mit weiteren vorhandenen Fotografien zu vergleichen, konnten nie zu einer endgültigen Übereinkunft kommen, denn wenn der am linken Rand sitzende bärtige Herr doch nicht Arthurs Arbeitgeber Monsieur Alfred Bardey war, der Direktor der Handelsgesellschaft (dem der Herr auf dem Foto auffällig ähnlich sieht, obwohl natürlich in der fraglichen Zeit jeder bärtige Herr einem jeden anderen bärtigen Herrn auffällig ähnlich sah), sondern doch eher der Fotograf, Reisende und Entdecker Georges Révoil (von dem anzunehmen ist, dass er die inkriminierte Aufnahme gemacht hatte) oder, Gott bewahre, ein gewisser belgischer Arzt und Entdecker, Dr. Pierre Joseph Dutrieux, zu dem sich die wissenschaftliche Mehrheitsmeinung letzten Endes zu neigen schien, nun, dann konnte man die Anwesenheit insbesondere dieses Letzteren sowie des in der oberen Reihe sicher identifizierten großgewachsenen, gutaussehenden Mannes, des Reisenden und Entdeckers Henri Lucereau, keinesfalls mit der Anwesenheit von Arthur vereinbaren, denn laut seiner Briefwechsel war Dr. Dutrieux nur im November des vorangegangenen Jahres in Aden. Verfickte Scheiße. Und dann war es immer noch fraglich, wer der in kariertem Pyjama und Pantoffeln in der Mitte des Bildes thronende Herr überhaupt war und mit wessen mutmaßlicher Anwesenheit die seine vollkommen unvereinbar war.

Das war der Stand der Dinge in dieser Angelegenheit im Herbst dieses Jahres, augenscheinlich nur noch eine Armlänge von einer Lösung entfernt, als wie in einem französischen Lustspiel plötzlich von der Seitenbühne der brave Fotohistoriker Dr. André Gunthert auftrat, dessen unerwartete Aussage zur Technik der Fotografie die bis dahin auch nicht gerade kristallklare Situation gründlich durcheinanderbrachte. In dieser bis zum Zerreißen gespannten Lage rief man, quasi als letzte Instanz, das Jahresendcolloquium in Paris zusammen. Veronika schob ihren Stuhl nach hinten, stand vom Biedermeiersekretär mit der heruntergeklappten Schreibtischplatte auf und stellte sich ans Hotelzimmerfenster. Es regnete immer trostloser. Es war schon gegen fünf Uhr am Nachmittag, im Dunkel des Jardin du Luxembourg irrlichterten gelblich die Laternen. Aus dem Hotelfoyer sickerte eine fröhliche Weihnachtsmelodie herauf. Was mag Jancsika jetzt gerade machen.

*

From: cziegler@mta.iti.hu
To: ullmann.nora@gmail.com
Subject: Jancsika

»Moralisch zu beanstanden, keine sichere Umgebung für ein Kind.« Das steht im Urteil. Weine nicht, wir legen Widerspruch ein. Wir werden in Abessinien leben. Oder in Sansibar, Patagonien, egal. Zuhause wird dort sein, wo wir drei sind. Ich küsse deine dunklen Augenlider, deine geschwungenen Brauen, den feinen Flaum in der Biegung deines Halses. Deinen fiebrigen, traurigen Blick. Meine Süße.

*

Barna Kelemen gibt das Kind nicht her, wie könnte er auch, er hat sonst nichts mehr. Um sich für seine furchtbare Einsamkeit zu rächen, nimmt er der Mutter ihr einziges Kind weg –

das war sein elendiger Plan. Keine Einsicht war mehr in Barna Kelemen geblieben, das Prisma der Gnade in ihm war erloschen, der bunte Regenbogen des brechenden Lichts. Vergebens würde er ihm unermüdlich folgen, er würde sich, wie ein geschlagener Hund, immer weiter von ihm fortschleichen. Seine Frau verlässt ihn, teilt nicht mehr das Bett mit ihm, ihr eheliches Bett dampft wie ein auskühlender Waschtrog in der sternenlosen Nacht. Barna Kelemen hält sich den Kopf, die Proteinverbindungen sind stumme, gleichgültige Zeugen seiner hässlichen Lage. Eine Frau, eine fremde Frau entreißt ihm seine Gattin, es gibt keinen anzunehmenden Grund, Barna Kelemen ist ein braver Ehemann, mehr noch, ein guter Vater, es sei denn, es sei denn jener kleine Duftpartikel ist schuld, der im Sommer 2007 auf dem Badestrand von Balatonföldvár vorbeiflog, der wie Riechsalz, wie eine Prise streng riechendes, farbloses Ammonium-Karbonat einen leblosen Körper wieder aufweckt, den abgestumpften Geruchssinn seiner Gattin zum Leben erweckte, die daraufhin willenlos der Quelle des Duftes folgte, eines Duftes, den sie bis dahin noch nie gespürt hatte und den zu ignorieren unmöglich schien, es sei denn, das war es, forschte Barna Kelemen später nach, doch damals ahnte er davon nichts, nahm nichts wahr, es sei denn so viel, dass sich seine Frau von ihm entfernte, wie ein unachtsam losgelassener Heliumballon, der sich immer höher schwingt, fast schon in der Stratosphäre verschwunden ist, obwohl sie in Wahrheit lediglich auf dem Weg zur hinteren Kabinenreihe des Strandbads war, wohin sie die Quelle des Dufts entschwinden spürte, eine Frau in einem Triangelbikini, etwas kleiner als sie selbst, wobei Letzteres natürlich keine Kunst war, wenn sie hochhackige Schuhe trug, überragte sie sogar Barna Kelemen, so dass sie, wenn sie gemeinsam ausgingen, solidarisch flach trug, und das, obwohl eine frankophile Frau ohne ihre Hochhackigen wie ein Pfau ohne Gefieder ist, das war ein nicht kleines Opfer ihrerseits, als die Ursache allen Übels konnte man es dennoch nicht bezeichnen, nun, eine wohlproportionierte, braungebrannte Frau in ihren Dreißigern, deren dichtes, kurzes Haar in schwarzen Ringellocken auf beide Seiten ihres Gesichts fiel, als würde es eine Bühne einrahmen, auf der sich, als sie an der auf einem bunten Badetuch liegenden und in einem farbigen Magazin blätternden, sommersprossigen Veronika mit ihrer milchweißen Haut vorbeiging, eine unbeschreibbare, schwer zu interpretierende Szene abspielte, eine Mischung aus Verwirrung, Überraschung, Ehrfurcht und Bewunderung, eine Mischung aus ich kann's nicht glauben und was wird nun, und wie sie an der scheinbar einsam sonnenbadenden Frau in ihren frühen Vierzigern vorbeiging, die mit ihrem glatten, roten Haar ein Ebenbild ihres unerreichbaren Idols Isabelle Huppert war, nur größer gewachsen, der Körper um einiges muskulöser, definierter, sie sah nicht so zerbrechlich und flatterig aus, dennoch hatte sie etwas an sich, das sie sofort an sie, an Isabelle erinnerte, etwas unerklärlich Französisches, ein *je ne sais quoi,* hätte Nóra gesagt, wenn sie nicht die Logistikchefin von Auchan gewesen wäre und Französisch gekonnt hätte, jedenfalls verlangsamte sie ihre Schritte, als sie an ihr vorbeiging, die Frau blickte nicht auf, sie war ins *Hello*-Magazin vertieft, die weiße Haut von dick aufgetragener und nicht überall gut verschmierter Sonnenmilch bedeckt, das Magazin lehnte sie gegen ihre angezogenen Knie, was ist schon wieder mit dieser armen Caroline los, immer nur Dramen und Tragödien, immer muss sie ihre Frau stehen, anders als ihre drogenabhängige kleine Schwester oder der eingebildete Playboy von einem jüngeren Bruder, manchmal ist das Leben der Fürstentöchter schwer, ihr geliebter Vater, der Fürst, lebt nicht mehr, ihre Mutter, die wundervolle Grace, starb bei einem Autounfall, doch als Veronika zu dem Absatz kam, in dem es um die verbotene Liebe zwischen der wilden Schwester Stéphanie und deren Leibwächter ging, stieg ihr ein sonderbarer Duft in die Nase, sie war sich nicht einmal sicher, ob sie ihn wirklich vernahm oder sich nur einbildete, ein Duftfragment, ein Duftsegment war es, mit ihrem peripheren Sehen nahm sie wahr, dass jemand an ihr vorbeigegangen war, sie legte mit einem Mal das Magazin weg und kniete sich hin, um dem Jemand hinterherzuschauen, und gerade da sah auch die Frau mit dem schwarzen Haar wieder zurück, als wollte sie sich davon überzeugen, dass sie tatsächlich gesehen hatte, was sie gesehen hatte, ihre Blicke stießen gegeneinander wie zwei aus Knochen geschliffene Billardkugeln am Ufer des Strandbads, Volley- und Fußbälle flogen, Pingpongbälle klackten, Bierschaum und Klatsch flossen, sie sah sich um, suchte mit dem Blick nach Barna Kelemen, der am Tresen über zwei Krüge Bier hinweg selbstvergessen mit einem Bekannten diskutierte, der Kfz-Mechaniker war, von weitem erschien ihr der Ehemann wie ein fremder Mann, sie versuchte sich vorzustellen, wie ihn wohl andere Frauen sahen, sie war bereits blind dafür geworden, das Bild erstarrte, *freeze,* doch im Moment konnte sie diesem Gedankengang nicht lückenlos zu Ende folgen, denn die Frau im Bikini stand mit einem Handtuch in der Hand am Rande der Kabinenreihe und sah ungläubig zu, wie Isabelle aufstand und unsicher zwar, wie in Trance, aber Richtung auf sie nahm, vielleicht bildete sie sich das alles nur ein, vielleicht kam sie gar nicht auf sie zu, sie will sich nur duschen, sich umziehen oder ein wenig Geld aus der Tasche ihrer in der Garderobe gelassenen Jeans holen, aber während sie näher kam, sah es immer mehr danach aus, dass sie doch auf sie zuhielt, sie wandte den Blick nämlich keinen Moment lang von ihr ab, die Isabelle, und Veronika verstand kein bisschen, was sie da tat, was sie damit bezweckte, aber sie wollte diejenige, die an ihr vorbeigegangen war, auf gar keinen Fall aus den Augen verlieren, was nicht einfach war, denn an jenem Tag war das Strandbad ganz besonders voll, es war Wochenende und die Sonne brannte, die Ferien fanden unter gnadenlosem, *unablässigem Gleißen* statt, blendendes Licht ergoss sich über sie, sie beschattete ihre Augen mit der Handfläche, um zu sehen, um sie zu sehen, sie war so plötzlich aufgestanden, dass sie ihre Sonnenbrille auf dem Strandtuch liegen gelassen hatte, die modische Ray Ban, der gute Barna Kelemen konnte nicht fassen, wie teuer die war, was kann die mehr als eine von Rossmann, er breitete ratlos seine beruhigend warmen Männerhände aus, er kauft sich seine Sonnenbrillen nämlich immer dort, oder im Strandbad von Földvár, die tut's, sagt er locker und steht schon an der Kasse, so ging also Veronika los, ihre schutzlosen, zusammengekniffenen Augen mit der Handfläche beschattend, als müsste sie eine heiße Wüste durchqueren, um an die mit Entengrütze bedeckte Oase zu gelangen, sie bog am Ende der Kabinenreihe ein, wo sie glaubte die Frau verschwinden gesehen zu haben, und als sie einbog, sah sie, dass diese nachdenklich vor der offenen Tür einer Kabine stehen geblieben war, und da, als wäre sie jemand anderes, und das war sie in dem Augenblick auch, ging sie mit ein-zwei-drei raumgreifenden Schritten, als würde sie weitergehen wollen, an ihr vorbei, aber da traf sie wieder der Duft, diesmal stärker, entschiedener, er war ohne Zweifel *da*, in Verlegenheit und zum Verzweifeln bringend da, und es war auch klar, woher er kam, und dass sie, jede Nüchternheit, jedes rationales Argument aufgebend, nichts anderes mehr interessierte, drinnen war es stickig warm, aber wenigstens dunkel, pechschwarz, aus der prallen Sonne hereinfallend sahen sie nichts, doch es brauchte kein Licht, der Duft wies ihr die Richtung, sie überließ sich ihm wie einem Blindenhund, die Kleinere, die im Bikini, zog die sich ein wenig versteifende Andere an sich, schälte langsam, vorsichtig, als würde sie damit rechnen, aufgehalten zu werden, den Träger des Badeanzugs von ihrer Schulter, und da es keinen Widerstand gab, zog sie das Oberteil bis zu ihrem Bauch herunter, hörte ihr lautes, einander festhaltendes Atemholen, das Schwirren ihrer Zunge auf der Haut, der Brust, dem Hals, der Achselhöhle, spürte den verschmelzenden Geschmack von salzigem Schweiß und süßlicher Sonnenmilch, schälte das vom seidigen Wasser des Balaton noch leicht feuchte Kleidungsstück weiter hinunter, über die Hüften der fremden Frau, über die Schenkel, bis zu den Knöcheln, und da spürte jene Frau, dass sie mit einem Fuß aus dem nassen Knäuel heraustrat und dann mechanisch auch mit dem anderen, der raue, lauwarme Betonboden der Kabine wärmte sanft ihre Fußsohlen, obwohl sie das vor lauter Schreck oder vielleicht Aufregung gerade noch so begriff, genießen konnte sie es nicht, und als sie damit fertig war, hielt die Frau ihr Gesicht an ihre Lenden, die sie sich rot vorstellte, denn sehen konnte sie nichts, ihr Atem war ein warmer Wind, ihre Zunge eine schmale Halbinsel, auf der gelandet sie endlich Boden unter den Füßen spürte, und sie ging weiter hinein, egal, wohin, Hauptsache weg vom öden, flachleeren Meer, in dem sie fast ertrunken wäre. Barna Kelemen bestellte zwei weitere Krüge Bier, Markennamen, Jahrgänge, Preis für den Austausch der Kupplung, kauf bloß kein Auto mit F, mein Freund, Fiat, Ford oder Franzosen, alles eins, sieh zu, dass du da wegkommst.

Nein, das Kind gibt Barna Kelemen nicht her. Wie könnte er auch, er hat sonst nichts mehr.

*

Bevor sie am nächsten Morgen zur Sorbonne ging, überflog Veronika ihre Notizen. Zu Jahresbeginn, im Januar 2011, sah es noch so aus, als wären die Kollegen endlich so weit zu erkennen: um mit Sicherheit feststellen zu können, ob auf dem Foto tatsächlich das entlaufene Kind zu sehen war und ob auf diese Weise das Fotoalbum des engelsgesichtigen »traurigen Knaben« endlich ergänzt werden konnte durch das Bild eines erwachsenen Mannes mit ausgebranntem, leerem Blick, mussten sie mit aller Kraft daran arbeiten, die Identität der anderen Abgebildeten zweifelsfrei zu klären, sowie, ob sie in dem gegebenen Moment überhaupt anwesend sein konnten in Aden, unter den Arkaden der Terrasse des Hôtel de l'Univers. Aber welcher war wohl der gegebene Moment? Und war er überhaupt gegeben?

Nachdem der Reisende und Entdecker Henri Lucereau bereits 2010 identifiziert worden war, schien dieser Umstand die Anwesenheit Arthurs auszuschließen, angenommen, dass der bärtige Herr ganz links tatsächlich Rimbauds Arbeitgeber, Monsieur Alfred Bardey, war, wie sie das ursprünglich angenommen hatten, nachdem bekannt war, dass Bardey sich im August 1880 nicht in Aden aufhielt, Arthur seinerseits jedoch bis Mitte August nicht dort angekommen war. Aus seinen Briefen war auch bekannt, dass sich Lucereau irgendwann zwischen dem 10. und dem 20. August in Aden aufgehalten hatte, bevor man ihn am 20. Oktober in der Nähe von Harar unter fürchterlichen Umständen ermordete. So ist anzunehmen, dass sich Henri und Arthur nur im August 1880 auf derselben Adener Terrasse aufhalten konnten.

Sechs Monate später verkündete der Kollege Jacques Desse als Ergebnis seiner Forschungen, dass der bärtige Herr ganz links doch nicht Alfred Bardey sei. Sondern der Afrika-For-

scher und Fotograf Georges Révoil. Kollege Jacques Bienvenu jedoch teilte gleichzeitig mit, anhand seiner Forschungen mit Sicherheit behaupten zu können, dass die fragliche Person nicht Georges Révoil, sondern der in Sansibar gewesene Arzt und Reisende Pierre Dutrieux sei – und vielleicht war er derjenige, der Arthur Sansibar in den Kopf gesetzt hatte. Im Februar 1811 veröffentlichte der traurige Dutrieux einen trauernden Erinnerungsbrief an Lucereau in einer ägyptischen Zeitung, und dieser Brief legt davon Zeugnis ab, dass Dutrieux Lucereau nur einmal, nämlich 1879, getroffen hatte, als sie eine lebenslange Freundschaft schlossen. Dieser Umstand schließt jedoch erneut Arthurs Anwesenheit aus, der, wie allgemein bekannt, erst im August 1880 in Aden ankam. War es nun Révoil oder Dutrieux? Und währenddessen und vor allem: wo ist Arthur?

Geh nicht weg, Mama, Mamilein, lass Jancsika nicht hier, Jancsika wird brav sein, schreit nicht herum, kippt den heißen Spinat nicht über Tante Erzsi, platscht nicht im Matsch herum, tritt nicht das Fensterglas kaputt, Jancsika wird dich sehr lieben, er will nicht mit Papa, Papa erzählt nicht, der arme Papa kann nicht erzählen, er ist allein und sieht das Monster nicht in der dunklen Zimmerecke, da ist nichts, Jancsika, das sagt Papa und macht das Licht an, damit ich das Nichts sehe, siehst du, Jancsika, da ist nichts, das sagt Papa und versteht nicht, sieht nicht, dass es sich nur versteckt hat, weil es Angst vorm Licht hat, und jetzt tut es so, als wäre es nicht da, und das glaubt der Papa, das arme Papachen, er versteht nicht, dass das Monster da ist, egal, was er macht, es ist da, sobald er das Licht löscht und aus dem Zimmer geht, kommt es sofort hervor, Papa glaubt mir nicht, erzähl keinen Blödsinn, Jancsika, sagt er, dabei habe ich nur Angst, große Angst, Mama, du weißt,

dass es da ist und so lange nicht schläft, bis nicht auch ich schlafe, aber ich schlafe erst, wenn es eine Geschichte gegeben hat und Geschichten erzählen kannst nur du, Mama, aber manchmal sind deine Geschichten nicht ganz so gut, deine Aus-dem-Kopf-Geschichten, sie fließen nicht so wie Hänsel und Gretel, der Hänsel, das bin ich, nicht wahr, Mama, nicht wahr, ich bin der Hänsel, aber die Gretel, die mag ich nicht, ich mag die Emese, die den Marienkäfer als Zeichen hat und so einen langen, braunen Zopf, aber wenn die Geschichte nicht so gut ist, macht das auch nichts, Mama, du riechst trotzdem gut und bist weich, und man kann sich an dich kuscheln, und Papa liebt dich, ich liebe euch, Jancsika, ich liebe die Mama sehr und dich liebe ich auch sehr, ja, das sagt er immer und streichelt mit seiner großen Hand über meinen Kopf, aber man kann sich nicht an ihn kuscheln, sein Bart piekt und er riecht nach Zigaretten, aber mir tut der Arme leid, weil er nicht weiß, dass sie jeden Augenblick hinter dem Schrank hervorstürzen können und ihm die Barthaare einzeln ausreißen, und ich habe ihm gesagt, pass auf, Papa, sie sind hinter dir, aber er lacht nur, ist gut, Jancsika, sagt er, schlaf ruhig, so was sagt das Papachen, er glaubt mir nicht, Mama, nur du weißt, dass ich nicht lüge, nur du kannst die verjagen, weil du mir glaubst, lass mich nicht hier mit ihnen, lass uns nicht hier, ich werde brav sein und nicht die Kappe meiner Stiefel abschlagen, ich werde nicht schreien und nicht trampeln, ich werde den Gästen was vorsingen, nur geh nicht, Mama, geh nicht.

*

Hier betritt der deutsche Rimbaud-Forscher und literarische Detektiv Dr. Reinhard Pabst die Szene, der gerade zur rechten Zeit einen handgeschriebenen Brief entdeckt, den Dutrieux

Mitte August geschrieben hatte und der davon zeugt, dass sich der Verfasser des Briefes zu dieser Zeit in einer südlich von Kairo gelegenen Stadt namens Asiut aufhielt, er also, mit besonderem Augenmerk auf die beträchtliche Entfernung zwischen Aden und Asiut, nicht auf einem Bild mit Lucerau und Arthur sein konnte. Super. Gleichzeitig behaupteten die verzweifelten Révoil-Anhänger, dass Révoils Fotografien nur retuschiert wurden, deswegen sehen sie sich nicht ähnlich, und gleichzeitig argumentierten sie unerklärlicherweise damit, dass die bekannten offiziellen Fotografien Dutrieux' dem Mann, der auf der Terrasse von Aden posiert, nicht ähnlich seien. Na, hier trat der Fotohistoriker André Gunthert auf, der auf einen bis dahin leichtfertig außer Acht gelassenen Umstand hinwies, nämlich auf die Technik des Fotos. Dass das bis dahin noch keiner bedacht hatte, dachte Veronika, ein Rätsel. Bis dahin hatte man Ohr- und Augenformen miteinander verglichen, den Schwellungsgrad von Unterlippen bemustert, Augen und Warzen vergrößert, Kinne vermessen, Frisuren gerichtet. Sich fast schon vordrängelnd, bemühte sich ein jeder, unbedingt derjenige zu sein, der den verlorenen Sohn, das renitente Kind an den Busen der jubelnden, tränenreich verzeihenden Gemeinschaft zurückführte.

Gunthert vertrat den Standpunkt, die leichte Unschärfe der Gegenstände und Personen auf dem Bild spräche dafür, dass statt der bis dahin üblichen Kollodium-Nassplattentechnik die Silbergelatine-Technik angewandt wurde. Diese kam allerdings erst, laut Gunthert, 1880 verbreiteter zur Verwendung, *Elementary*, sagt Holmes zum staunenden Watson, der wahrscheinliche Zeitpunkt der Aufnahme müsste nicht 1879, sondern 1880 sein, als auch Révoil sich in Aden aufhielt und mit genau so einer Ausrüstung arbeitete und genau diese Technik anwandte.

Ein leichtes Verwackeln, ein Hauch Zittern, der Tremor des Lebens vor dem Tode. Und kann uns all das zum verschwundenen Kind führen?

*

»Wie auch immer, da ich mich durch Lüge genährt habe, will ich um Vergebung bitten. Und weiter!«[1]

*

Wenige Tage vor Weihnachten kam sie zu Hause an. Am Gepäckband in Ferihegy jauchzte eine französische Reisegruppe, sie versperrte ihr die Sicht aufs Band. Aber sie wollte sehen, wann ihr Koffer kam, sie wollte sich so schnell wie möglich aus dem Staub machen. Sie hatte genug von den nach Alkohol riechenden Passagieren, den Flughäfen, der Menschenmenge, der erbarmungslos sich aus den Lautsprechern ergießenden Weihnachtsmusik, und vor allen Dingen hatte sie genug von fruchtlosen wissenschaftlichen Debatten. Sie versuchte einen korpulenten Mann diskret beiseitezuschieben, der sich daraufhin ruckartig umdrehte und mit einem theatralisch übertriebenen »Excusez-moi, Madame!«-Ruf eifrig Platz machte. Die Maschine aus Paris war gefüllt mit Touristen, die Weihnachten und Silvester in Budapest verbringen wollten, und vermutlich war sie die einzige Passagierin, die nicht schon im Flugzeug angefangen hatte zu trinken. Was, wie sie nun einsah, ein Fehler war. Sie hatte bereits aus dem Fenster der landenden Air-France-Maschine gesehen, dass Schneeregen auf

---

[1] Übertragung: Werner Dürrson, in: Arthur Rimbaud: Une Saison en Enfer. Eine Zeit in der Hölle, Stuttgart 1970, S. 83

das dunkle Pflaster der Landebahn fiel. Sie warteten darauf, dass das Band loslief und die Koffer ankamen. Ihr Magen zitterte leicht vor Ungeduld.

Ob Arthur damals, als die Aufnahme entstand, bereits Schmerzen im Knie hatte? Es war nicht zu sehen, auch nicht, ob wirklich er es war, der dort anwesend war. Die in Paris zusammengetrommelte illustre Wissenschaftlergesellschaft konnte nicht nur keine stichhaltigen Beweise dafür präsentieren, mehr noch, die Zweifel wuchsen sogar. Sicher war nur, dass Arthurs Schmerzen bis zum Mai 1891 so heftig wurden, dass ihm, nachdem er dreizehn Tage unter höllischen Schmerzen mit dem Dampfschiff *L'Amazone* angereist war, im Spital zur Unbefleckten Empfängnis in Marseille, das rechte Knie amputiert wurde. Wenn die Verwirrung der Empfindungen sein poetisches Ziel war, dann hatte er dies, wie es scheint, erreicht. Vielleicht spürte er zuletzt nicht einmal den Phantomschmerz dort, wo ihm das Bein fehlte. Sein ganzes Leben war ein Phantomschmerz; der Phantomschmerz eines wegen des Knochenkrebses nach Hause zurückgezwungenen, geschlagenen Abenteurers. Dessen siebenunddreißigjähriger, geschundener, toter Körper schließlich in das verhasste Kaff zurücktransportiert wurde, von dem er sich nicht befreien, dem er nicht entfliehen konnte; sie begruben ihn dort, in Charleville.

Veronika kann endlich ihren Koffer sehen, zieht ihn vom Band und eilt mit ihm Richtung Ausgang. Vor der Tür, während sie auf das Taxi wartet, ruft sie Barna Kelemen an. Sie will Jancsikas Stimme hören, sein altkluges, dünnes Stimmchen. Es ist schon spät, nach elf, Jancsika schläft längst, Veronika, sagt Barna Kelemen mit leisem Vorwurf in der Stimme. Sie könne erst am Morgen mit ihm reden. Das wird Barna Kelemen bestimmt sagen. Jancsikas Stimme schneidet in ihr Trommelfell, Mama, ich hab's durchgehalten, ich bin noch wach, und ihr kleiner Sohn grinst ins Mobiltelefon. Sie rennt über den Zebrastreifen zum bestellten Taxi, ein bordeauxfarbener Renault Kombi, sagte die Zentrale, das ist er, denkt sie, und wie sie atemlos losrennt, rutscht die Ledersohle ihrer eleganten, hochhackigen Schuhe auf dem von überfrierendem Regen glatten Asphalt aus und Veronika stürzt. Ein scharfer Schmerz fährt ihr ins Knie und sie spürt, wie sich sofort eine harte Beule bildet. Ein Auto hält mit quietschenden Reifen vor dem Zebrastreifen, fast hätte es sie überfahren. Von der anderen Straßenseite her geht der Taxifahrer unsicher auf sie zu, als hätte er in dem gestürzten Pechvogel seinen Fahrgast erkannt. Dr. Veronika Cziegler, fragt er die gut gekleidete Frau in ihren Vierzigern, als hinge es davon ab, ob er ihr beim Aufstehen hilft. Veronika schaut zu ihm hoch und spricht nicht aus, was sie denkt. Ja, die bin ich, sagt sie schließlich und lässt zu, dass der Mann ihr hochhilft. Sie sammelt den Lippenstift, das Telefon und den Schlüsselbund ein, die aus ihrer Tasche gefallen waren, richtet ihren verrutschten Rock und geht mühsam,

humpelnd dem Taxifahrer hinterher, der ihr schon den Koffer abgenommen hat. Alles in Ordnung?, wendet er sich noch einmal um. Sie winkt, ja, natürlich. Als sie ins Auto steigt, ist ihr, als ließe der Schmerz schon ein wenig nach. Sie schaut hin, merkt, dass an ihrem schmerzenden Knie eine Laufmasche in der Strumpfhose entstanden ist, sie leckt an ihrem Zeigefinger und schmiert Speichel in die Laufrichtung der Masche. Völlig sinnlos, denkt sie, zu Hause wirft sie sie sowieso weg.

Inhalt

Hautatmung 7
Die aktive Gegend der Sonne 12
Wege, sich einzuschmiegen 29
Mann badet Löwen 34
Delfinshow 44
Wie die Bäume 49
Torte 59
Die Voyager-Goldplatte 63
Hauptsache, kein Moos 77
Victoria's Secret 82
Weiter atmen! 88
Ritter von Sulz 100
Ida (vier Handschläge) 105
Kadaverloch 111
Fast gut 116
Gelb 126
Tatortbegehung 131
Viva a r.....a! 137
Hôtel de l'Univers 142

Nachweise 176

Textnachweise

Der Text »Hautatmung« entstand anhand von Marianne Csákys Ausstellung »Bőreim« (Meine Häute, 2005); die Erzählung »Mann badet Löwen« anhand des 2011 entstandenen Gemäldes gleichen Titels von Attila Szűcs; »Ida (vier Handschläge)« anhand von Jules Bastien-Lepages 1878 entstandenem Gemälde *Allerseelentag*. Letzteres befindet sich im Besitz des Museums der Schönen Künste (Szépművészeti Múzeum) in Budapest.

Für den Textauszug auf S. 34:
Péter Esterházy: Die Hilfsverben des Herzens. Übersetzt von Hans-Henning Paetzke. © 2009 Berlin Verlag in der Piper GmbH, Berlin

Abbildungsnachweise

S. 11: Franz Reichelt, Ausschnitt aus der Filmaufzeichnung seines tödlichen Sprungs vom Eiffelturm, Paris, 4. Februar 1912
S. 118: Franz Reichelt
S. 144: Arthur Rimbaud in Harar (Äthiopien), ca. 1883
S. 145 (Abb. links): Arthur Rimbaud, 1871, Foto von Étienne Carjat
S. 145 (Abb. Mitte): Arthur Rimbaud, 1872, Foto von Étienne Carjat
S. 145 (Abb. rechts): Arthur Rimbaud, Ausschnitt aus dem Gemälde *Coin de table (Französische Dichter an einem Tisch)* von Henri Fantin-Latour, 1872, Musée d'Orsay, Paris
S. 146 (Abb. rechts): Der sterbende Arthur Rimbaud, Zeichnung von Isabelle Rimbaud, 1891
S. 148: Ausschnitt aus dem Foto S. 152-153
S. 150 (Abb. links und rechts): Georges Révoil
S. 152-153: Mutmaßlich Arthur Rimbaud (2. von rechts) auf der Terrasse des Hôtel de l'Univers in Aden (Jemen), ca. August 1880
S. 157: Arthur Rimbaud (rechts) und sein Bruder Frédéric, 1866
S. 166: Ausschnitt aus dem Foto S. 152-153
S. 168: Vitalie Rimbaud, Arthur Rimbauds Mutter
S. 173: Ausschnitt aus dem Foto S. 152-153

Nachweise über das Archiv des Suhrkamp Verlags.